はぐれ名医診療暦
春思の人

和田はつ子

幻冬舎時代小説文庫

はぐれ名医診療暦　春思《しゅんし》の人

目次

一話　神薬遣《しんやくつか》い

一

江戸の文月《ふみづき》は盆月であり、施餓鬼《せがき》が盛んに行われる。

施餓鬼とは、施餓鬼会《え》とも施食会《せじきえ》とも言われ、餓鬼道へ堕《お》ちた無縁の亡者《もうじゃ》や生類《しょうるい》のために食べ物を与える供養である。本所羅漢寺《ほんじょらかんじ》では修行僧が一月《ひとつき》の間、読経《どきょう》を続けることで知られていたが、この月の十五、六日ともなると、庶民たちまでも、菩《ぼ》提寺《だいじ》に参集して読経に励むだけではなく、隅田川に施餓鬼船を浮かべて供養した。

この頃には草市も立つ。

盆市とも称される草市では、魂棚《たまだな》の飾り付けに使う蓮の葉や真菰《まこも》をはじめとする、盂蘭盆会《うらぼんえ》の仏の供養に入り用な品々が売られている。

据物師《すえものし》小田孝右衛門《おだこうえもん》にとって、死者への鎮魂と供養一色に染まる文月は、ことのほか感慨深く、暑い盛りだというのに、首の後ろをすっと、冷たい手で撫《な》でられるような気がしている。

孝右衛門は初代が将軍家のお墨付きを賜って以来、処刑人を兼ねた刀の鑑定師として、連綿と続いてきた小田家の八代目当主である。屋敷内には処刑者を祀《まつ》った塚が造られていて、首を斬《き》り落とした相手に祟《たた》られぬために、毎朝欠かさず手を合わせるのが家訓の一つであった。

小田家が処刑してきた咎人《とがにん》たちが地獄で行き着く先は、どう考えても餓鬼道であるとなると、今の時季には、餓鬼と化した咎人たちの魂が、ぞろぞろとこの世に彷徨《さまよ》い出てきていてもおかしくなかった。

物心ついて、生家の家業が何たるかを知ってからというもの、文月の孝右衛門の首は冬にも増して寒いのであった。

それゆえ毎年、施餓鬼の供養には、一心を傾けようと決めていて、古くはこれだけと厳しく定められていた施餓鬼に供する供物の桃と石榴《ざくろ》の籠《かご》盛りを、孝右衛門は菩提寺だけではなく、縁のある市中の寺院へも供していた。

今日は千駄木《せんだぎ》の世永寺と雑司ヶ谷の万福寺まで届けたので、早くに麹町《こうじまち》平河町の屋敷を出たというのに、広大な屋敷には似合わぬ貧相な門の前に帰り着いた時は、夏の盛りとはいえ、あたりはすっかり暗くなっていた。

「お帰りなさいませ」

玄関では妻の陽恵《はるえ》が三つ指を突いて迎えた。

孝右衛門との間に、男女二人の子をもうけて母親になった陽恵は、頰こそ削《そ》げてはいたが、切れ長の涼やかな瞳には、凜《りん》とした威厳が宿っている。

「今日は遠くまでおいででしたので、さぞかしお疲れでございましょう」

孝右衛門が恋い焦がれて妻に迎えた陽恵は、長いつきあいのある南町奉行所定《じょう》町廻《まちまわ》り同心倉本和之進《くらもとかずのしん》の妹である。

「ご案じなさっていた、明日お届けの分の桃と石榴はすでに揃えてございますから、ご安心ください」

この時季の水菓子である桃や石榴は、そもそも江戸では稀少で、さらに甘みにこだわって、選《え》りすぐった品を籠盛りにできるほど数を揃えるとなると、一苦労であった。

稀少品は値が張る。甘い桃や石榴も例外ではなく、代々、一万石の大名家ほどの財を受け継いできている小田家でなければできない芸当だった。

「それにしても、桃の値の何とお高いこと――。嫁して七年になりますが、わたしは、未だにこのばかばかしい高値に得心がいきません」

陽恵がため息をついた。

「桃は特に傷みやすいので仕様がないのだよ」

そう応えたものの、三年前に亡くなった母せき乃も同じような不満を漏らし、孝右衛門は、その時も、一昨年も去年も、同じ言葉を繰り返してきたことを思い出した。

「そうそう、里永克生《さとながかつき》先生が江戸へお戻りになったと、先ほど訪ねてきた兄から聞きました」

陽恵は話を変えた。

「何と、お帰りになったのか」

孝右衛門の大声が跳ね上がった。知らずと喜びが笑みに変わり、丸顔の童顔に刻まれた、年齢《とし》相応の目尻の皺《しわ》が深くなっている。

蘭方医にして手練《てだ》れの里永克生を、倉本和之進と小田孝右衛門が慕ってしきりに交誼《こうぎ》し、この世の悪事を糺《ただ》していたある日、その克生が突然、〝剣を捨て医術に励むが我が道と決めた。このまま、江戸にいては医術を極められない〟と告げて、二人の前から去って十年が過ぎていた。

「本当に戻ってこられたのだな」

「こんな大切な話、何で嘘が申せましょうか」

久々に見る夫の笑顔に陽恵も心が弾んだ。

「おまえはうれしくないのか?」

孝右衛門は怪訝《けげん》な表情で妻を見つめた。

「兄も今のお前さまのように、たいそう、喜んでいましたけれど――」

穏和な母の顔をしている陽恵は、二人の男の無邪気な喜び方が、まるで子どものようだと思って呆《あき》れたが、さすがにその言葉は呑《の》み込んだ。

三人は共に、二十歳《はたち》代前半だったこともあり、盛んに交誼を結んでいた。務めのある二人はともかく、長身の克生は着流しの上、刀を落とし差しにしていたので、人を薬籠《やくろう》を提げていなければ、およそ医者には見えなかった。その物腰は粗野で、食ったような物言いであったが、その実、怪我をした者や患っている者、特に子どもらに向ける眼差《まなざ》しは優しく温かかった。そして、卓越した蘭方の医術で病を癒やし、剣の腕と冴えた頭で世の中の悪の絡繰《からく》りを暴いていた。陽恵はそんな克生の姿に、娘心をときめかせていたが、今や、そんな夢見がちな乙女心はどこにも残っていなかった。

「して、克生先生はどこに？　木挽町《こびきちょう》に戻ってこられたのか？」

木挽町四丁目は克生が居を構え、医業を開業していた地であった。店賃《たなちん》は克生の帰る日を信じる孝右衛門が払い続けていた。二年近く前には、克生から船荷で薬等が送り届けられていたので、孝右衛門は、さらにその確信を強めていた。

孝右衛門の嬉々《きき》とした顔から、しばし、日頃の澱《よど》んだ疲れが吹き飛んで、今にも腰を上げそうに見える。

「兄はそう申しておりましたが――」

陽恵は知らずと眉根を寄せた。

「さぞかし、医業でお忙しいのであろうな」

孝右衛門は妻が義兄《あに》から聞いたはずの克生の近況が気になった。

「門前市を成す、たいそうなご繁盛だと聞きました」

「先生は、あの頃でも相当の腕前であったから、長く研鑽《けんさん》を積まれた今日となれば、まさに神業《かみわざ》であろう」

感嘆した孝右衛門は母が病臥《びょうが》した折、克生さえそばにいてくれたら、どんなに母せき乃が嫌がっても、全快を確信し乳岩の摘出を勧めたに違いないと悔やまれた。克生ならば、世に名高き華岡流の術式を習得していても不思議はなかった。

「ただし、なさっているのは歯抜きだそうです。横浜の居留地で異人からもとめた薬と器械を使われて、一時、患者を眠らせ、毎日、十人以上の歯を抜いていらっしゃるのだそうです」

「歯抜きだと？　歯抜きなら大道芸の居合い抜きに任せておけばよいではないか」

孝右衛門は落胆を隠せなかった。

二

陽恵は兄の倉本和之進から聞いた、克生の歯抜きについての話を続けた。

「何でも、柔らかい手毬《てまり》のような物の中に入っている薬を吸うと、気を失ってしまい、目が醒《さ》めた時は、痛みもなく歯が抜けているので、皆、大喜びしているのだとか――。その上、大道芸の歯抜きでは、掌《てのひら》に隠した穴開き銭に通した糸と歯を結び、掛け声を掛けて力任せに引き抜くと、凄まじい悲鳴と共に糸で結んだ歯が宙を飛ぶ。大道芸の歯抜きよりも安いので、評判になっているようです」

「一昨日は噂を聞きつけたさるお旗本のご家来が、歯抜きの往診を頼みに見えたと聞きました」

庶民や下級武士の歯抜きは大道芸人による処置がほとんどだったが、大商人《おおあきんど》や大名家、大身《たいしん》の旗本ともなると、修業を積んだ歯医者や法眼《ほうげん》の称号を持つ口中医に往診を頼んでいた。

歯医者や口中医による歯抜きでは、附子《ぶし》（トリカブトの根を干した生薬《しょうやく》）やヒハツ、コショウ等を、各々の流儀で混ぜ合わせた秘伝の塗布麻酔を用いることが多く、痛みが軽減されるとあって、患者たちは惜しみなく高額な薬礼（治療費）を支払っていた。

「そんなことをしていては、大道芸人だけではなく、歯医者や口中医にまで嫉《ねた》まれることになる」

「その通りです。兄がなつかしい克生先生をお見かけしたのも、大道芸人たちが往来で先生をぐるりと取り囲み、〝歯抜きはやめろ。これ以上商いの邪魔をすると、腕をへし折ってやるぞ〟と脅し、袋叩《ふくろだた》きにしようとしていたところだったそうですから。先生は以前と違って、腰のものをお持ちではないので、自分が通りかからなかったら、きっと大事に至っていただろうと、兄は申しておりました」

「大道芸人はそれですんでも、身分の高い方々に手蔓《てづる》のある歯医者や口中医は、そうはいかぬ」

刀の鑑定等で、大名家や大身の旗本とのつきあいが多い孝右衛門は、気遣いの塊であり、過度の心配性でもあった。

「克生先生は、お旗本の往診を断られたそうなので、案じることはなさそうです。それにいつまでも歯抜きはなさらないそうですから。先生は昼だけではなく、夜も診《み》ていらっしゃるとのことで、〝奉行所の帰りに立ち寄り、是非とも手伝いをしなければ〟と、兄は張り切っていました」

倉本和之進は、いくら良縁を勧められても妻帯しようとせず、酒を飲むと、怒った顔つきで、〝賄賂《まいない》でしか動かぬ奉行所勤めはうんざりだ〟と漏らすばかりであった。ところが、克生のことを伝えてきた時は、目にすがすがしい笑みさえ浮かべ、まるで別人のようであり、陽恵は驚かされたのである。

「義兄上がおいでになっているとあれば、むろんわたしも参じねばならぬ」

孝右衛門は立ち上がったが、陽恵は止めなかった。

孝右衛門は木挽町へと向かいながら、〝何かとはまだわからぬが、これにはきっと先生の大事が関わっているはずだ〟と、波が押し寄せるように確信が高まっていた。

それと何より気がかりなのは、好評を博しているという無痛の抜歯についてであった。歯抜きに激痛は付きもので、妖術でも使わない限り、そんなことができるとはとても思えないからだった。

孝右衛門はようやく克生の家の前に辿《たど》り着いた。

十年もの間、無人であっても傷んでいないのは、店賃を払い続けてきた孝右衛門が大家に頼んで、屋根や壁の修繕、庭木の手入れを怠らなかった賜物である。

家の中に灯《あか》りが見えた。

「お帰りなさい、小田孝右衛門です」

感動で声が震えた。

戸口が開いて、しばらく会っていない和之進が顔を覗《のぞ》かせた。

「やはり義兄上でしたか」

生き生きとした表情の和之進は、十年前の顔に戻っていると孝右衛門は感じた。

「すぐ来ると思っていた」

言葉遣いまで、義兄義弟の堅苦しさが抜けて昔通りだった。

「克生先生は？」

「本日最後の歯抜きに取り掛かろうとしている」

「見せてください」

孝右衛門は一刻も早く克生と再会したかった。

「こっちだ」

和之進は襖《ふすま》を開けた。

診療台に、商家の小僧と見受けられる、痩せてやや小柄な少年が腰かけている。

振り返った克生は、

「留守中、いろいろ世話をかけた。礼を言う」

と言って、思いがけずにっこり笑った。

別れた時と変わらぬ、贅肉とは無縁ながっしりした身体《からだ》つきではあったが、浪人髷《まげ》は総髪に、着流しの浪人風は白色の筒袖《つつそで》に軽衫《カルサン》という、多少は医者らしい風体《ふうてい》に変わっていた。

「先生、おいら、あんまり歯が痛《いて》えんで、首を縊《くく》ろうと思ったほどだよ。でも、歯抜きってのは、それよか痛えってえ話だ。怖くて怖くて、どうしたらいいんだか――。でも、ここなら――」

少年は青ざめて泣きべそをかいている。

「大丈夫だ」

克生が子どもに注ぐ眼差しは以前にも増して優しい。

「極楽でうたた寝をしている間に終わる。ほら、これが極楽の蓮の実だ」

克生は彩色の施されていない柔らかそうな手毬を少年に見せた。そして、口のあたりに突き出すと、手毬についている突起物をいじった。

「さあ、吸って。そうそう、上手《うま》いぞ」

するとシ少年の頭ががくんと前に垂れた。頬をついても少年は動かない。

克生が手毬を離れたところに置くと、ちょっと間をおいて和之進が手燭《てしょく》を近づけた。克生は、少年の頭を後ろに反らせると、口中医の使う歯鋏《はばさみ》によく似た西洋の医療器具である抜歯用の鉗子《かんし》を手にし、少年の口を開き、鉗子で歯を挟んだ。

孝右衛門は、以前、治療のため木槌《きづち》で脱臼させた歯に歯鋏が触れただけで、飛び上がるほど痛かったことを思い出した。

恥ずかしいので妻の陽恵にさえも打ち明けていなかったが、その時、孝右衛門は凄《すさ》まじい悲鳴を上げた。

今にも少年が泣き叫ぶ様子が目に浮かび、孝右衛門は耳に手を当て、目を伏せた。

ところが、この少年は鉗子が歯を挟んでも身動き一つしなかった。

克生が再度鉗子の爪を閉じると、血まみれの歯が鉗子に挟まれて、少年の口から引き抜かれた。

もしや、このまま意識が戻らないのではないかと案じた孝右衛門が、一つ、二つとゆっくり七十五まで数え終えた時、

「極楽は鉄臭《かなくさ》いや」

目覚めた少年は微笑《ほほえ》んで文句を言い、待ち構えていた和之進が差し出した膿盆《のうぼん》に、抜歯により口中に溜まっていた血をぺっと吐き出した。

三

克生が施した無痛の抜歯を目にした孝右衛門は、その夜、まんじりともできなかった。胸の高鳴りが止まらず、これはもう、陽恵が陣痛で苦しみつつ、嫡男を産み落として以来の興奮だった。

陽恵が寝返りを打って目を開けた。

「眠れぬようですね。わたしも今夜は、なかなか寝つけずにおります」

「少し前に見た小僧の微笑みが忘れられない」

歯抜きを怖がって怯《おび》えていた少年は、柔らかそうな手毬の中に封じ込められていた、無色透明の何かを嗅《か》がされると、うとうとし、その間に抜歯が終わっていたのである。

「つい、亡くなった母上のことを思い出して、何やら、取り留めもなく考え込んでしまっていた」

「実は、わたしもです」

陽恵はひっそりと呟《つぶや》いた。

「あの時は義母上《ははうえ》様だけではなく、お前さまもたいそう、判断を迷っていらっしゃいました。わたしはそばで見ているのが辛《つら》くてたまりませんでした」

乳岩で亡くなったせき乃は、乳房の硬いしこりに気づくと、御典医である多紀《たき》一門の高弟である、かかりつけの漢方医を訪ねて、その診立てを陽恵に漏らした。

それを伝え聞いた孝右衛門が、いの一番に駆け込んだ先は医者ではなく、親しくしている典薬頭半井出雲守瑞光《てんやくのかみなかららいいずものかみずいこう》の屋敷であった。若年寄支配の典薬頭は、官医の最上位にあって、奥医師から町医者に至るまで、広く医者たちを束ねていた。この人物に孝右衛門がすがらずにいられなかったのは、何としてでも、最高の医療で、父亡き後、多数の門弟の世話に明け暮れつつ、立派に小田家を守《も》りたててきた母の命を助けたかったからであった。

瑞光は法印《ほういん》の称号を持つ御典医の多紀元琰《げんえん》を往診に向けるという便宜をはかって

くれたが、診立ての苛酷さは変わらなかった。

命をも食い尽くす悪い出来物を治すには、蘭方による摘出手術しかないと知っていた孝右衛門は、さらに瑞光の前に頭《こうべ》を垂れて、華岡流の名医への紹介を取り付けた。

華岡流とは六十年ほど前に、紀州の医師華岡青洲が道を開いた画期的な外科術である。マンダラゲ（チョウセンアサガオ）等の強い薬を用いて患者を前後不覚に深く眠らせ、その間に、身体の深部に巣くう腫瘍《しゅよう》を摘出する。

ただ、この術式には難点があった。

マンダラゲ等の毒性によって、手術を無事終えても、患者が起き上がることなく、亡くなってしまったり、失明した状態で意識を取り戻す等、重度の副作用と無縁ではなく、この麻酔薬の実験台になった青洲の妻は失明し、高齢だった母は、これが因《もと》で亡くなっている。

孝右衛門は華岡流での手術を母に勧めた。瑞光が紹介してくれた華岡流の名医が、〝万が一ということがないとは言い切れないが、青洲先生没後、三十余年を経て、秘伝の麻酔を含む華岡流はめざましく改良されてきている〟と言ったからである。

外科治療とは繰り返しの歯抜きより酷《ひど》い痛みに違いないと信じていたせき乃は、当初、手術を拒んでいたのだったが、どうしても生きていてほしいと願う息子の説得に折れた。

「痛みを感じず、眠っているうちにあの世に行くのも、それはそれで楽でよいかもしれません」

ところが、せき乃が病に倒れた直後、陽恵が第一子を身籠《みごも》っていることがわかると、

「手術の最中に死んでは、あの世で待っているあなたのお父上に、初孫のことを伝えられなくなります」

手術はしないと言い通し、骨転移の痛みに耐えつつ、嫡男の誕生を見届けて十日と経《た》たずに世を去った。

「身重だったとはいえ、痛み止め一つ、煎じて差し上げられなかったのが心残りでなりません」

「小僧の安らかな微笑みを見て、あの時、克生先生がいらしてくれていたらと、母上のことを思い出さずにはいられなかった。あの手毬、ゴムというものでできてい

るそうなのだが、あれさえあれば——」

「義母上様は痛みなく無事手術を済まされて、お元気になられ、今頃は孫たちと遊んでおいでだったのかもしれないのに——」

陽恵は目をしばたたかせた。


翌日、その翌日と、孝右衛門は毎日、夕刻になると克生のところへ足を向けた。

文月も末近くになると、

「瓦版《かわらばん》屋がこぞって書き立てて、もう、大変な評判です。お前さまのご覧になったゴムとかいうものでできた手毬の中身と関わってのことでしょう、〝あっぱれ歯抜き、神薬遣い、里永克生〟と書かれていますよ」

日本橋の京菓子屋伊勢屋で孝右衛門の好物、栗水羊羹《くりみずようかん》をもとめてきた陽恵が、瓦版をすっと孝右衛門の目の前に差し出した。

葉月《はづき》に入ると、典薬頭半井瑞光から文が届いた。文には神薬遣いともてはやされている木挽町の町医者、里永克生について、急ぎ、調べるようにと書かれていた。

律儀な孝右衛門は、母せき乃の病で世話になった借りを、瑞光の望むまま、医療に関わる巷《ちまた》の風評を精査することで返し続けていた。

いよいよ、来たなと孝右衛門は気を引き締めた。

克生は往診こそ断り続けていたが、立派な乗物から頭巾を被《かぶ》って降り立ち、門戸を叩く向きは、誰彼なく招き入れて、町人たち同様の歯抜きを施している。その事実が、身分の高い者たちを顧客にしていて、代々法眼を名乗る者とている、誇り高い口中医たちの耳に入らないわけもなかった。口中医たちが大挙して、典薬頭半井瑞光のところへ押しかけ、神薬遣いの克生を追放してほしいと直訴《じきそ》したに違いなかった。

孝右衛門はすぐに、十日ほど後の芋名月《いもめいげつ》を共に愛《め》でさせてほしいと瑞光宛てにしたためた。

場所を書き添えないのは、孝右衛門が招く先は、いつも必ず、江戸きっての大料亭、江戸ならではの粋な味付けと四季折々の風流を看板に掲げた、浅草山谷《さんや》の八百《やお》福《ふく》と決まっていたからである。

文を返した孝右衛門は、毎夜、和之進と共に目にしている、奇跡とも言うべき無痛の歯抜きの様子と、それを可能にする神薬について瑞光に話すつもりでいた。もとより瑞光は、やや厳格すぎるきらいはあったが、ものの道理がわからぬ男ではなかった。底意地は悪いが馬鹿ではない口中医たちが、克生に難癖を付けたのだとしたら、おそらく、ゴム毬に詰められている神薬が、居留地でもとめられたものと察知してのことであろう。二度の黒船によるペリー提督の訪問を受けて、嫌々、横浜の開港に踏み切った幕府が、異人たちが住まう居留地の文化、風俗の流行を好むはずがなかった。これには残念なことに医療も含まれる。

今後、神薬の出所は曖昧《あいまい》にするよう、今夜にでも克生先生に助言しなければならないと孝右衛門が思った矢先、無痛の歯抜きも神薬遣いもすべてはいかさま、里永克生は騙《かた》り医者だったと、翌々日の瓦版が騒ぎ立てた。

四

この夜、孝右衛門はいつものように木挽町の克生の治療処にいた。

患者は大店《おおだな》の若旦那と思われる大柄で肥満気味の少年である。傍《かたわ》らでは、少年とよく似たどっしりした身体つきの父親が腕組みをして様子を見守っている。付いてきた番頭や手代は襖の外で、じっと息を潜めている。

これほど物々しいのは、この少年が蔵前にある両替屋善田屋《よしだや》の跡継ぎで、父親は幕府の御用両替で知られる大商人ゆえであった。

「痛くない歯抜きなら、早くやっとくれ。痛みがなくなったら、思いきり、栗水羊羹を食べるんだから。おとっつぁん、用意はできてるよね」

少年は横柄な物言いで克生を促し、父親に甘えた。少年は孝右衛門同様、高級京菓子屋の伊勢屋が贔屓《ひいき》のようである。

「よく冷やしてあるんだろうね」

父親は襖の外へ鋭い声を掛けた。

「はい」

手代が桶の水音をたてて答えた。栗水羊羹に限らず、水羊羹の極意は詰める竹筒の香りと暑気を払う涼味である。

克生はゴム毬をかざした。少年は頭が垂れてきたものの、うるさそうに目の前のゴム毬を利き手で振り払った。

「やっぱり歯抜きは嫌だ、きっと痛い。誰か代わりにやっとくれよ。嫌だ、嫌だ、怖い」

何度か、克生がゴム毬をかざして、少年が払うという仕種が繰り返される。

気を利かせた和之進が少年の手を押さえようとすると、

「手だしはご無用に願います」

父親に睨《にら》まれて制された。

「くり、くりみずようかん、くり――」

それでもやがて、語尾が消え、虚《うつ》ろなその目が閉ざされるのを待って、克生の手にした鉗子が少年の虫歯を摑《つか》んだ。

ほどなく、この少年の極楽である栗水羊羹の夢が叶うはずだと、手燭をかざしている孝右衛門は確信しきっていた。

ところが、僅《わず》かに鉗子が引き上げられようとしたとたん、ぎゃあああという、大道芸の歯抜きには付きものの、世にも恐ろしい悲鳴が上がった。少年は喉を振り絞って叫び続ける。ぎゃあああ、ぎゃあああ――。

克生の歯抜きは常に軽やかに歯を摘《つま》み取っている。だが、この時ばかりは、歯は摘まれたのではなく、力まかせに引き抜かれたように見えた。鉗子の先に挟まっているのも歯ではなく、不吉な血の塊を想わせた。

孝右衛門は啞然《あぜん》として、思わず克生の顔を見た。顔色一つ変えずに、克生はぽんと音をさせて、奥歯を膿盆に放り込むと、あわてて息子に近寄って肩を抱いている父親に向かって、

「御子息が暴れたせいで、吸い込む薬の量が少なすぎたのです」

「ですが、こちらは無痛の歯抜きが売りではなかったんですか？」

父親は太い眉をきりりと上げて抗議した。

「はい。御子息に痛い思いをさせたのは、申し訳なかったと思っています。どのような事情があろうとも、患者の立場に立つのが医者であると心得ています」

克生は深く頭を垂れた。

この時初めて、孝右衛門は、克生の身上に過ぎた年月を感じた。孝右衛門の知っている克生は、このような理不尽な言いがかりに甘んじることなど断じてなかった。もはや、ここにいるのは、剣で悪を成敗していた頃の克生ではなく、医者克生に違いなかった。

「では非を認めるんですね」

「これは、痛みなく、倅《せがれ》の痛む歯を抜いていただけると信じて用意したもの。こうなっては、お返しいただくのが筋かと――」

父親は憤懣《ふんまん》を、大事な倅の歯抜きの薬礼として、畳にずらりと並べさせた袱紗《ふくさ》に包んだ小判や酒、反物の類《たぐい》に向けた。高価そうな煙管《キセル》や煙草《たばこ》の葉の包みまであった。

「どうぞ、お持ち帰りください」

克生はすがすがしく言い切ると襖を開けた。

「それでは持ち帰らせていただきます」

父親が言い切り、袱紗に包んだ小判だけは番頭が手にし、ほかの品々は手代たちが抱え持って出て行こうとした時、

「待ってください」

克生に声を掛けられた父親は、

「何です？　せめて大道芸の歯抜き程度の薬礼は払え、とおっしゃるのなら、そういたしましょう」

嘲《あざけ》るような笑いを浮かべて、克生の顔を見据えた。

「もちろんです」

「気掛かりなことがあるのです」

「倅のことなら心配ご無用。痛い思いをさせられたここからは、一時も早く離れたいと思っているはずです」

少年は悲鳴こそ上げていなかったが、

「痛いよう、痛かったよう、酷《ひど》いよう、騙《だま》した、騙した――」

目の端で克生を睨んで、恨みがましく唸《うな》り続けていた。

父親が顎《あご》をしゃくると、心得ているのか番頭は、

「若旦那様、一足先にお駕籠《かご》にまいりましょう。栗水羊羹はお駕籠の中でも召し上がれます」

ぴたりと唸るのをやめた少年の手を取って、出て行った。

「案じられるのは御子息ではなく、あなたのことです」

なおも克生は父親を引き止めた。

「このわたしが病だというんですか?」

相手のやや厚い唇がへの字に曲げられた。

「人の顔を見れば病を疑うのが医者の性《さが》なので、どうか、お許しください。何事も

なければよいと願いつつ、お訊《たず》ねします。実はあなたの口の中に、しこりはないかと気になっています」

「なにゆえ、そんなことをおっしゃるんです？」

ぎょっとして、父親はたじろいだ。

「いただくはずだったお品と、失礼ですが着物や息の臭《にお》いから、たいそう酒や煙草がお好きとお見受けしました」

「悪いですか？」

「酒や煙草を嗜《たしな》む人に多いのが、口の中の悪い出来物なものですから、つい――」

「わたしの口の中のしこりが、悪い出来物だと？　診てもいないのによく言えたものですね」

「どなたかに診てもらっているのでしたら結構です」

「かかりつけの医者は、口内炎だと診立てています」

「繰り返しできる口内炎では？」

克生は眉を寄せた。

「そのたびに薬を煎じてもらっています」

「一度、口中科の医者に診ていただくことをお勧めします。口中の悪性腫瘍は、とかく、口内炎と間違われることが多いので案じられるのです」

悪い出来物、口中の悪性腫瘍という言葉が、相手を不安による怒りに駆り立てたのだろう。

「無痛の歯抜きをしくじった上に、根も葉もない病をでっちあげるとは――おまえは、何とも許し難い藪《やぶ》医者だ」

瓦版が克生の悪評を書き立てたのは、それから二日後のことであった。

五

孝右衛門が典薬頭半井瑞光と会う予定の芋名月が近づいていた。

〃あっぱれ里永克生〃が翻って〃騙り医者〃と騒がれ、あれほど瓦版が悪評を流したにもかかわらず、克生を訪れる患者の数は僅かに減っただけである。

ぷつりと糸が切れたように訪れなくなったのは、大身の旗本や大店の主たちであった。

なけなしの銭を叩《はた》いて極楽の歯抜きを受けに来る商家の小僧たちや、長屋住まい、下級武士たちとその家族は後を絶たない。

中には、

「少々、痛くったって構わねえや。何せ、居合い抜きより安いのは、しょっちゅう財布が風邪を引いてる身にはありがてえし、往来で大声を上げて赤っ恥かかねえですむんだから」

という気取り屋の江戸っ子町火消《まちびけし》もいた。

孝右衛門は、また克生がしくじるのではないかと案じながら日々、木挽町に通い続けたが、恐ろしい悲鳴が聞こえたことはあれから一度もなかった。

夜訪れる患者も減って、克生と和之進、孝右衛門の三人は茶を啜《すす》るゆとりができた。茶は以前と変わらず、飛びっきり熱い麦湯である。

茶請けは孝右衛門が持参した伊勢屋の栗麦餅で、麦餅とはいえ麦粉が使われているわけではなく、抹茶入りの餅生地に青々と繁る夏の麦畑の意匠を凝らし、中に甘煮の栗と粒餡《つぶあん》が入っている。

「隠し味は少々の味噌だな」

孝右衛門同様、栗好きで食通の克生は目を細めた。

「手代に伊勢屋の栗水羊羹の入った桶を持たせていた善田屋には、手こずらされたなあ」

伊勢屋と名が記された包みに目を落とした和之進はふと呟いたが、まずいことを思い出してしまったと気づいて、あわてて、こほんと一つ咳をした。

「お尋ねしたいことがあるのですが」

孝右衛門は恐る恐る克生に切りだした。

克生は無言で頷《うなず》くと、三つ目の四角い栗麦餅に手を伸ばした。

「どうして、あの時、無痛の歯抜きができなかったのかと――」

「あれから一度もあのようなことは起きていないのだし、その話はもういいではないか」

先ほどの自分の呟きを帳消しにしたい和之進は、力んだ口調で首を左右に振った。

「先生は、あのゴム毬とかいうものからの薬を吸う量が少なかったからだとおっしゃいましたが、心配性のわたしは、悪い癖でついつい、吸っている時や目覚めるまでの時を数えてしまうのです。善田屋の若旦那の半分ほどの時で眠り込み、無事、痛みなく歯抜きを終える者たちを、ここで何人も見てきています」

「その者たちは善田屋の若旦那より小さく痩せていたはずだ」

克生の指摘に、

「そうでした。ですが、昨夜、やってきた香具師《やし》は大男で、あの若旦那よりよほど、恰幅がよかったにもかかわらず、無痛の歯抜きに差し障りはありませんでした」

力が強い上に、気も荒いとされている香具師とあって、この時、孝右衛門はどれほど手に汗握り、見守っていたかしれなかった。

「あの患者は薬を吸うのを嫌がらなかった」

「ゴム毬から薬が出てきてから、目が虚ろになって閉じるまでの数はたしか、いつもより長く、百を超えました」

「善田屋の若旦那はいささか目方が多かったにもかかわらず、薬を吸いたがらなかった。目方の軽い患者なら、薬の量が間に合って、無痛で歯抜きができたであろう」

「ならば、悪いのはおまえではなく、我《わ》が儘《まま》放題に甘やかされた小倅ではないか。非はないのだから謝ることなどなかったのだ」

和之進は舌鋒《ぜっぽう》鋭く言い放った。

まるで、以前の克生を思わせる正論ではあったが、

「しかし、子どもに予期せぬ痛い思いをさせてしまったのは事実ゆえ、これは詫びて当然だ」

苦笑して目尻に皺を作った克生は、ぬるくなった麦湯をごくりと飲み干した。


歯抜きの痛みに泣きわめいた少年の父、善田屋が克生を訪ねてきたのは、その翌々日の夜のことであった。

「これまた、予期せぬ来訪だな」

玄関に出て相手を招き入れた和之進が、孝右衛門の耳元で囁《ささや》いた。

「専門の方のところへ行かれたようですね」

克生は善田屋の蒼白な上に、一回りも二回りも小さくなったかのような顔を見つめた。鬢《びん》には白いものが増えている。

「診てもいない口の中や嗜好品をずばずばと先生に言い当てられて、いささか気になっていました。もう、一年以上、治らない口内炎があったからです。倅があんな

痛い思いをさせられて、知り合いの瓦版屋にネタを流したというのに、ここがまだ流行《はや》っているというのも癪《しゃく》の種でした。口中の名医が間違いなく口内炎と診立てれば、わたしも一安心だし、この大袈裟《おおげさ》な誤診を瓦版屋に書き立ててもらえば、今度こそ、患者は一人も訪れなくなって、倅の仇《かたき》が取れると思ったんです」

「理由《わけ》は何であれ、専門医のところへ行かれたのは何よりでした」

「あの時、一瞬、時が止まったか、凍りついたかのようでした。もう、いっそこのまま、死んだ方がましだと思ったほどです」

善田屋は頭を抱えて、

「診てくだすった法眼の先生は、一目で、わたしの口内炎は放置しておけば、必ず死に至る、とおっしゃったんです。舌の悪い出来物は、乳などにできるものと同様、岩の一種だそうで、漢方の煎じ薬では決して治癒せず、摘出するしか方法はないとのことでしたが、〝わたしはもう、老齢ゆえ、あのような慎重にして敏速な手技を行うことはできない。倅もかなりの修業を積んではいるが、そこまでではない。舌岩摘出の手技に長じた方に頼まれよ〟と、その道の大家のご紹介を受けました」

「いかがでしたか？」

「市ヶ谷にあるお屋敷はたいそう立派な門構えで、招き入れられた時は、任せていい相手だと納得したのです。出迎えてくれたお弟子さんが、この手術を受けるには相応の覚悟が必要だからと、手術処の控えの間に案内してくれました。そこで、わたしが見た口を開けた患者の舌には、舌が捻《ねじ》れて見えるほど大きく腫《は》れた出来物が、赤い蚯蚓《みみず》のようにしがみついていました。屈強なお弟子さんたちが患者の手足を押さえました。頭にいたっては、巌《いわお》のような大きな図体の男が屈《かが》み込んで、梃子《てこ》でも動かないようにきつく押さえつけました。すると、いきなり、坊主頭の大先生が袖に手を入れたかと思いきや、よく光る手術刀が稲妻のように閃《ひらめ》くのが見えました。その刹那《せつな》、迸《ほとばし》る血潮と共に、歯抜きなどは及びもつかない悲鳴が上がったのです。その後は、この世にいるのか、地獄で閻魔大王にまみえようとしているのか、わからずじまいでした」

六

我が子への溺愛が高じて克生の悪評を流した父親は、両替屋の主で名を松右衛門と言った。

舌岩に冒されているとわかった松右衛門は、口中科の大家によって行われている、激痛を伴う悪性腫瘍、舌岩の摘出を見学して、地獄絵図のように感じ、恐れ戦《おのの》いていた。

「夥《おびただ》しい血と一緒に引き千切られた蚯蚓が飛び散り、悲鳴は失神するまで続きました。最後に上がった悲鳴は、血止めのために、焼き鏝《ごて》が押しつけられる痛みのせいだったんです。小柄で細身の患者が、堪えきれない痛みのあまり暴れ続けて、知らずと焼き鏝や、はたまた、巌のような図体のお弟子さんから逃れようとしたので、大先生の手元が狂って、思いきり顔半分を火傷《やけど》していました。そこでまた悲鳴が——。まさに地獄さながらの有り様でした」

松右衛門が語る手術の様子を聞いているだけで、孝右衛門は総毛立った。

「そのうちに、患者の悲鳴がぴたりと止《や》みました。お弟子さんが〝息をしていません〟と言うと、〝今日はまた、多いな、厄日かもしれぬ〟と大先生は顔色一つ変えずにおっしゃったんです」

その法眼は罪該万死（万死に値する）と孝右衛門は思った。克生も同様に怒っているに違いないと、克生を見遣《みや》ると、克生は目に哀しみを湛《たた》え、黙って松右衛門の話を聞いていた。

「咄嗟《とっさ》にわたしはそこから飛び出していました。いつ、法眼様のお屋敷を出たのかも覚えていません。以来、命が助かっても助からなくても、あそこへ行くしかないとわかっていても、どうしても足が向かないのです。わたしは好いて迎えた女房を早くに亡くし、あの世の女房への義理立てもあって、後添えも貰わず、倅の成長を励みに商いに精を出してまいりました。とはいえ、大切に考える余り、甘やかしすぎたと責められております。このまま、善田屋の跡を継ぐにはおぼつかない倅を置いて、死ぬわけにはまいりません。何とか、我が儘を抑えて、自分のことばかりではなく、他人様《ひとさま》の気持ちも思いやることのできる大人にしてやらなければ。それができるのは親のわたしだけです。そのためにもわたしは生き抜きたい。倅が善田屋を潰す様をあの世で見て、女房と一緒に泣きたくはないんです」

この男は、倅の我が儘の元凶が自分の育て方にあるとわかっていたのだと、孝右衛門は感心する一方、世にありがちな親馬鹿ぶりも、このように富に飽かして高じれば、子どもの成長を阻むことになるのだと複雑な思いに陥った。

「昼となく夜となく、わたしや倅のこれからが気になって、善田屋を継いでから初めて、商いに身が入らなくなりました。そんな折、わたしたち親子の手前勝手な罵《ののし》りが聞こえなかったかのように、ただただ、わたしの病を案じていてくださった克生先生のお顔が目に浮かび、声が聞こえました。歯抜きの当初、何も痛みを感じないように見えた倅が、突然、痛みを訴えたのも、先生のおっしゃった通り、我が儘のせいで、薬が充分に身体に入らなかったゆえだと思います。店を出て、気がつくとこちらの前に立っておりました。わたしの舌岩を是非とも、克生先生に取り除いていただきたいのです」

松右衛門は話し終わると、深く頭を垂れた。

「このあいだのようなことが起きぬよう、わたしの言うことを聞いていただけるのなら、お引き受けいたしましょう」

克生が念を押すと、

「誓っておっしゃる通りにいたします」

こうして、急遽《きゅうきょ》、松右衛門の舌岩摘出が行われることになった。

克生から、舌岩手術の段取りを聞かされた和之進と孝右衛門は、手術中、果たす役割を割り当てられた。

　克生の全身に緊張が漲《みなぎ》っている。

　手術に取り掛かる前に、二人は竈《かまど》に火を熾《おこ》して大鍋で湯を沸かし、克生が使う手術器具を、ぐらぐらと煮えたつ湯の中で煮た。抜歯の時もその都度《つど》、克生はこうして器具を煮沸している。

「あの親子の身体つきが似ているのが気掛かりだ。親子は寿命や身体の質《たち》が似るというからな。並の者にはよく効く薬が、まるで効かぬということもあるのだそうだ。このあいだのようなことが、また起きると厄介だ」

　和之進がそっと呟くと、

「とはいえ、あの倅に効かなかったのは目方と薬の量のせいだと克生先生は、おっしゃいました。ここは先生を信じましょう」

　孝右衛門は笑顔を向けたが、その実、和之進と同じ不安を抱いていた。松右衛門にもしものことがあったら、善田屋では、歯抜きの痛みを根に持っているであろう若旦那はもとより、大番頭以下、怒り狂い、黙っているはずはなかった。

　人はとかく、痛みに耐えかねて怒る。ここは首尾よく無痛で、舌岩を切除できて当たり前、克生の手術が激痛を伴えば、たとえ命は助かっても、松右衛門はまた、どんな心変わりをしないとも限らないのである。

　いよいよ摘出手術が始まった。

　克生は松右衛門を、壁を背にして楽な姿勢で診療台に座らせると、ゴム毬を取り出した。

「心配ですか？」

「いいえ」

　松右衛門の目は和んでいる。

「先生を信じます」

「それでは吸ってください」

　孝右衛門はいつものように心の中で一つ、二つと数を数え始めた。

　七十五を数えたところで、松右衛門の口から含み音がこぼれた。

「続けて深く吸って」

　その言葉が終わらないうちに、松右衛門の身体から力が抜けた。

　進み出た孝右衛門は、克生からゴム毬を受け取って、離れたところに置くと、松右衛門の頭を持ち上げ、壁に寄りかからせると隣に腰掛け、用意してあった手燭を松右衛門の顔に近づけた。

克生は左手にピンセットを持ち、松右衛門の舌を挟み、引き出した。舌の尖端に小指の先ほどの出来物があった。色こそ白かったが口内炎とは違う硬さが見てとれる。

克生はピンセットに力を込めて、さらに舌を存分に引き出して目を凝らした後、左右の口腔に右手の指を這わせて、出来物がほかにもないかを確かめると、

「よし、大丈夫だ」

メスを取り上げた。取り残しがないよう細心の注意を払って、ゆっくりと大きめに腫瘍を切り取る。

和之進の出番である。

切り口から噴き出る血で克生が腫瘍の形を見失わないよう、撚《よ》った晒《さらし》を湯で煮て乾かしたものを、箸《はし》で挟んで拭いていく。

克生が切除を終えて、松右衛門の腫瘍が舌から膿盆に移ると、和之進は、夏だというのに火を熾してあった火鉢に飛びついた。

赤い焼け火箸を、メスを置いた克生の手に握らせた。

克生は出血している傷口に焼け火箸を当てた。肉の焦げる臭いこそしたが、松右衛門は眉一つ動かさず、何事も起きていないかのように安らかに寝入っている。

孝右衛門は思わず、松右衛門の顔に自分の顔を近づけた。息をしているのがわかる。

よかった、これで克生も江戸に留《とど》まることができると、孝右衛門は安堵《あんど》した。

二話　里永克生診療所

一

切除による舌岩の根治手術を受けた善田屋松右衛門は、麻酔から醒めると、

「生きている!!」

幸運を喜び、その後も火傷のしみる痛みを訴えただけであったが、克生は大事を取って、十日の間、自分の許《もと》に留まるよう指示した。

善田屋へ文で主の病状を報《しら》せると、朝、昼、夜と豪勢な料理を届けてきた。届けられた冷や粥《がゆ》だけを啜っていた松右衛門は、

「気が利かない」

憤慨したが、

「元気な者に病人を解せというのは、無理なことです」

克生に宥《なだ》められると、しばし、深くため息をついていたが、ほどなく、そうだと手を打った。

「よかったら、先生が召し上がってください」

重箱と揃いで添えられていた、瀟洒《しょうしゃ》な輪島塗りの箸を、克生は喜んで取った。中身は松茸御飯や薄く切った甲州漬け鮑《あわび》、子持鮎の塩焼き等、贅沢な旬の味覚に埋め尽くされている。

一人暮らしの克生の膳部は、たいていが、ももんじ（獣肉）と呼ばれている猪、鹿等の肉料理と酒であった。

料理とは別に、倅の松太郎からだという、伊勢屋の栗葛切りも届けられてきた。

「これは御子息からあなたへの思いやりです。栗の甘煮はわたしがいただくこととして、舌をあまり使わず、楽に飲み込める葛切りだけなら、一口大に箸で切って、そろそろ、食することができるはずです。なかなか気が利いているではありませんか」

克生の言葉に頷いた松右衛門は、

「倅が出来損なったのはわたしのせいです。長生きして、厳しく叱らねばなりませんな」

目をしばたたかせた。

部屋を衝立《ついたて》で仕切った、縁側が見通せる側に寝ていた松右衛門は、衝立の反対側の患者がしばしば途絶えると、術後の回復が順調なこともあって、

「先生、ちょっといいですか?」

克生に話しかけずにはいられなかった。

「腹が空きましたか?　粥はそろそろ七分粥にしてもよい頃ですね」

「腹はそれほどではありませんが、商いの虫が空いた、空いたとうるさくてなりません」

寝る間も惜しんで商いに勤《いそ》しみ、善田屋を江戸一の両替屋にした松右衛門の頭から商売のことが離れたのは、舌岩に冒されていると知らされた一時限りであった。

「それほど元気におなりなら、結構なことです」

「先生と、ここのことを考えていました。ここはいささか狭すぎます」

「うるさくて、休めないというのなら――」

克生は書物を隅に寄せれば、布団を延べることができるであろう小部屋に移ることを提案しようとした。

「違いますよ」

松右衛門の口調が商談に焦《じ》れた時のものに変わった。

「先ほどから申しておりますように、もう、充分、休んでおります」

克生が応えかねていると、

「先生は神薬を遣いこなすだけではなく、素晴らしい腕をお持ちだ。わたしも恩恵を賜りました。どうです？　一つ、医業を広げてはみませんか？　ここだけではなく、両隣の家も買って、先生の手術を受けた者たちが、養生のために留まることができる所としてはいかがでしょう。神薬と、先生に命を救われた者たちが喧伝《けんでん》して、大繁盛すること間違いなしです」

「医業を商いにするというのですね」

克生は不快そうな声になった。

「人は霞を食べて生きていける仙人とは違います」

松右衛門は言い切ると、

「思い切って、お訊ねしたいことがございます。わたしや歯抜きの患者たちになくてはならないあの神薬は、いったい、いつまで残りがあるんですか？」

痛いところを突いた。

「あと百人分足らずになってしまいました」

克生は低く呟いた。

「あの薬が、居留地のアーネスト商会でもとめることができるという調べはついております。お気づきではなかったでしょうが、空の重箱を返す時に、走り書きを忍ばせていたんです。昨日、大番頭の文が重箱に添えてあったのはご存じでしょう？あれは調べの報せだったんですよ。居留地では実入りのいい商いができると大評判ですので、うちの店も指を咥《くわ》えているわけもなく、目立たぬように幾つか伝手《つて》を作ってあるのです。ところで、異人からもとめるほかない神薬は、決して安いものではありません。ですので、神薬を遣った先生の歯抜きの薬礼が大道芸人のものより安いというのは、どうにも解せませんな。失礼ですが、そんなことをしていては、いずれ、先生の医業は行き詰まってしまうはずです」

克生は無言であった。

手持ちの神薬は、ある患者から期せずして得た、多額の薬礼を注《つ》ぎ込んでもとめたものだった。

「それともう一つ、大番頭は耳寄りな話を報せてきました。ゴム毬より一段工夫されたた麻酔器と呼ばれるものが、高値さえ覚悟すれば手に入るとのことなんです。ゴム毬と違って、人が手で持って動かす必要なぞなく、神薬の詰まった瓶から伸びたゴム管の先に、乳首のような仕掛けがあって、それを咥えて吸い込むと、神薬が身体の隅々まで行き届くのだそうです。これの方がずっと吸い込みが確実な上、眠りに入った患者は、口の力が緩み、知らずと咥えていた乳首を吐き出すので、吸いすぎの心配もないそうです。たいした優れものじゃありませんか。わたしに、もし次の大事があったら、是非、そいつを使ってもらいたいもんですな」

これにも克生は無言で応じた。

もとより、改良された麻酔器のことは知っていたが、あまりの高値ゆえ、量を優先させたのである。しかし、それさえ、もともと乏しかった貯《たくわ》えともども、すでに尽きかけていた。

松右衛門の指摘する通り、克生の医業は資金難ゆえに、いずれ廃業する運命にある。

「これはわたしの憶測ですが、蘭方医の克生先生が、取り憑《つ》かれたように歯抜きをなさってきたのは、海を渡ってきた神薬の効き目がどれほどのものか、まずは歯抜きで試した後、わたしの舌岩のような、悪い出来物の切除等に使うおつもりだったのではありませんか」

「海の向こうの国では、さまざまな手術が無痛で行われていると聞きますが、わたしたちは異人と身体の質が異なるので、ご推察通り、すぐには、歯抜き以外の手術に使う決断がつきませんでした」

「それなら今こそ、その時です。奇《く》しくもわたしが、先生の無痛蘭方手術の栄えある一番乗りであることを忘れてほしくありません」

二

木挽町から蔵前に戻った松右衛門は、せめて、葉月いっぱいは、身体を休めるようにとの克生の言い付けを守って、客の声が聞こえる帳場格子裏の小部屋に布団を延べさせていた。そして、大番頭が始終報せる、克生の住まいを含む両隣の買収や改築、居留地での薬や麻酔器をはじめとする、足りない医療器具の買い付けの進捗《しんちょく》状況に耳を傾けていた。

一方、芋名月の夜、山谷の八百福では、小田孝右衛門が典薬頭の半井瑞光を招いた宴席を設けていた。その席では、鴨饅頭と岩魚《いわな》のつみれ汁が供された。大和芋で作った饅頭の皮の中に、叩いた鴨を包んで揚げた鴨饅頭は瑞光の大好物であり、岩魚のつみれ汁は清らかな渓流に棲《す》む岩魚を三枚に下ろして酒と塩で洗い、細かく叩いてなめらかな団子状にするのが極意であった。

「しかし、評判の神薬遣いがそなたの古くからの知り合いだったとは驚いた。里永克生なる者、何とか医業を続けられているとのこと、何よりだ」

食通にもかかわらず、痩軀《そうく》で頬が削げている瑞光は目の縁を赤らめて微笑んだ。

「何事も典薬頭様のおかげでございます」

神薬を遣い無痛のはずだった歯抜きに倅が泣きわめき、怒った父松右衛門の差し金で、一時、克生を騙りと書き立てた瓦版だったが、無事舌岩の手術を終えた松右衛門がこれを翻すと、一転して、やはり神薬遣いは名医だったと褒め称《たた》えたのである。

「いやいや、善田屋松右衛門には敵《かな》わぬな」

他方、克生の神薬のせいで、前ほど日銭を稼げなくなった大道芸人たちや、往診の声が掛からなくなった、身分の高い武家や裕福な商家に出入りしている口中医たちの憤懣は、日に日に増すばかりであった。

「あの者どもは、この先、里永が蘭方治療に専念するとわかって、さだめし安堵したことであろう」

松右衛門は典薬頭を通じ、この条件で、上は法眼の口中医から下は大道芸を仕切っている香具師の元締めと渡り合い、今後、互いの領分を侵さないとの取り決めをしたのである。

「神薬による歯抜きは、日に三人だけと決めて、薬礼を十倍に引き上げたのはさすがであった。十倍ともなれば、乗物から降り立つ身分の者に限られる。だが、たとえ大道の粗雑な歯抜きであっても命を落とす者は少ないが、痛みを恐れるあまり、悪い出来物や怪我が因で腐りかけた手足の切除ができずに死ぬ者は、市中に後を絶たない。これはやむなきことだ」

こうして長月《ながつき》に入ると、木挽町に、患者が入所できる大部屋を備えた里永克生診療所が看板を掲げた。

そんなある日、町人髷の二十歳過ぎの男たち数人が里永克生診療所を訪れた。

このところ、市中見廻りを終えるとすぐに克生のところへやってきて、患者の整理を手伝っている和之進が応対した。

「患者は噺家《はなしか》の三楽亭遊平治《さんらくていゆへいじ》だ。驚いたことに大山但馬守《おおやまたじまのかみ》様の書状を持参してきたぞ」

無類の噺好きである和之進は興奮を隠せなかった。

大山但馬守敬元《たかもと》は小藩とはいえ、一国の藩主であり、真打ちの三楽亭遊平治は当代きっての人気噺家で、きめ細かな義理人情のあやと、超常的な世界とが織りなす芝居噺に定評があり、妖《あや》しく華やかな怪談噺を得意としている。

「今年の夏も遊平治の四谷怪談はよかった」

「それで患者の容態は？」

克生には、こちらが肝心であった。

「昨日、高座で倒れたというが、一緒ではない。家で寝ているそうだ」

和之進が首を横に振ったので、弟子たちが案じて相談にやってきたのだとわかった。

克生は治療処の隣の小部屋で、弟子たちと話した。

「師匠の具合は夏前から悪いんです」

一番年嵩《としかさ》の弟子が口を開いた。

「どのように？」

「そこそこ熱があってもそのまま高座に出てました」

「咳は？」

長く続く微熱と聞いて、まず疑うのは労咳《ろうがい》（結核）である。

「〝咳が出ないのは曽呂利新左衛門《そろりしんざえもん》の思し召《おぼめ》しだ。まだまだ頑張れる〟って言ってました。曽呂利新左衛門てえのは、その昔、太閤様に仕えて噺を広めたってえ、噺家の元祖みてえな人です」

「酒は過ごす方でしょうね」

話術で観客に夢を見させる噺家ともなれば、日々の高座に座っている時の緊張感を、大酒でほぐしていても不思議はなかった。

しかし、百薬の長の酒も過ぎれば肝の臓を冒す。

「あたしたちはつい深酒しますけど、師匠はそうでもねえんで」

これも外れたようである。

「患者さん本人を診ないとわかりません」

克生が言い切ると、

「実は何日か前、但馬守様のお屋敷でも、昨日と同じように倒れたんです。案じてくだすった但馬守様が、お医者を呼んでくださろうとなすったんですが、師匠はどうしても、こちらがいいと言い張ったんで、但馬守様が紹介状を書いてくだすって、薬礼も出してくださることになったんです」

和之進は、遊平治は虫歯を患っているのだろうと確信した。だが、無痛の歯抜きを受けたいだけだというのに、どうして、弟子たちがここまで案じるのか。

「師匠はここへ入って死ぬのだと決めています」

思い詰めた弟子の目が潤んだ。

和之進には歯抜きで死ぬとはとても思えなかった。

「ところで、遊平治師匠はここをどうやって知ったんです？」

克生が訊ねた。

「先生が遣う神薬のことを噂で知った師匠は、あたしたちに、〝どうせ、治らねえ病なら、見苦しくなく、眠るように死なせてほしいもんだ〟と漏らしていて、その後、大山の殿様のお屋敷で倒れ、そん時、〝この次、こんなことが起きたら木挽町に世話になる〟と言ったんです」

どうやら、弟子たちは師匠に秘してここを訪ねてきたようである。

「あなたたちは、わたしが師匠の望みを聞いて死なせるのではないかと、案じているのでしょう？」

克生はずばりと言い当てた。

「少しの間に、あれほど安かった極楽の歯抜きの薬礼が、十倍に跳ね上がったと聞いていますからね――」

相手は心持ち唇の端をねじ曲げた。

「ここで用いる薬では人を殺すことはできません」

言い切った克生に、

「華岡流の神薬遣いは、時に人を眠らせたままにしてしまうと聞いています」

相手は膝を詰めた。

「とにかく、患者の病を治すのが医者であるわたしの使命です。それには治療が必要です。今すぐ、師匠をここへ連れてきてください」

克生は襖を開け放って弟子たちを促した。

三

三楽亭遊平治は弟子に背負われて克生の許を訪れた。寄席を覗いたことのない克生は、少なくない弟子たちを束ねていると聞いて、矍鑠《かくしゃく》とした老爺を想像していたが、

「一つ、よろしくお願いします」

畳に手を突いて頭を垂れた遊平治は、まだ、四十路《よそじ》にも手が届いていなかった。

「おまえたちは、もう帰んな」

遊平治はそう言って弟子たちを帰してしまうと、

「先生に折り入ってお話がございます」

早速、弟子たちの案じていた頼み事を切りだした。

「あたしはもう長くありません。ですから、先生の神薬におすがりしたいんです」

「長くないとは思えませんが」

克生は遊平治の血色の悪くない顔を見つめ、手首に触れて脈を診た。

「変わりありませんね」

「今日は熱が出ておりませんので」

「頭痛や身体の痛みは？」

「熱の出る日には必ず」

克生は遊平治に口を開けさせると喉を診て、両耳の下にしこりがないかと探った。

「喉や耳下腺に腫れはありません。長引く風邪でもないでしょう。腹部に痛みはありませんか？　しこりのようなものは？」

着物の前を開けるように言われ、腹部を触診された遊平治は、克生が異常のない旨を伝える前に、

「あたしゃ、腹なんぞ、悪かないんです」

憮然《ぶぜん》とした。

「それより、神薬をお願いします」

「神薬は人の命を助けるためのもので、死ぬのを手伝うのに遣われては困る」

克生はぶっきらぼうに言い切った。

「但馬守様の書状があっても、駄目だというんですね」

遊平治は克生を睨みつけ、

「たとえ、お濠《ほり》の向こうの上様からの命でも、わたしは、よしとしません」

にべもなく撥《は》ねつけた克生に、

「それじゃ、あたしはここで好きにさせてもらいます」

こうして、診療所での遊平治の奇妙な暮らしが始まった。

「患者が少ないと流行《はや》っていないように見えていかんな」

善田屋松右衛門の案で集められた患者たちは、三度の賄《まかな》いを有名な料理屋の板前が交替で請け負うと聞いて、これは小石川養生所に入所するよりもいいと、小金を叩いた、身寄りのない年寄りたちが多く、労咳や関節炎等、差し迫った手術とは無縁な長患いの者ばかりである。

「さすが三楽亭遊平治だ。しかし、あれは困るぞ」

何日かして、和之進は遊平治が退屈している患者たちの前で、噺をしていると克生に告げた。

「どんな噺だ？」

「まあ、面白い噺なんだが――」

和之進は目を伏せた。

「面白かったんだろう？　どんなものか話してくれ」

「さっき聴いたのは、〝水練医者〟という演目だった。江戸郊外に住む豪農の娘の具合が悪くなり、隣村の甘井《あまい》羊羹という医者に診てもらうことになるんだが、処方を間違って死なせてしまう。怒った豪農は娘の仇を取ろうと考える。おかげさまで娘は全快したゆえ、礼金を差し上げたいと偽って、甘井羊羹を呼び寄せ、下男と二人がかりで殴った後で、荒縄でぐるぐると巻き、氷が張った川の中に放り込む。水の中でもがいているうちに縄が切れて、甘井羊羹は、やっとのことで岸に辿り着くが、待ち構えていた村人たちにまた殴られる。仕方なく、また川を泳いで向こう岸へ渡るが、ここでも村人たちが拳《こぶし》を振り上げて待っていた。息も絶え絶えに自分の家に辿り着いた甘井羊羹は、出迎えた倅に、〝逃げるから荷物をまとめろ〟と怒鳴るが、倅の方は〝傷寒論《しょうかんろん》〟というむずかしい医術の本を読んでいる。オチは思わず、甘井羊羹が叫ぶ一言、〝医者には医術の本よりも水練だ〟。ちなみに甘井羊羹とは薬の匙《さじ》加減が甘いという意味だ」

「つまりは藪医者の噺だな」

克生はにやりと笑った。怒りだすのではないかと思っていた和之進には意外だった。

翌々日、克生は患者たちの病臥している広間の後ろに立った。前方では遊平治が噺をしている。

「駄目な医者は藪井竹庵や甘井羊羹ばかりではございません。葛根湯《かっこんとう》医者というのもおりました。皆様、ご存じの葛根湯というのは、無難な薬なんでございましょうね。このお医者先生、来る人、来る人にこれを勧めて、〝頭が痛い？　頭痛には葛根湯が一番、次は胃の腑の痛み？　もちろん、葛根湯ですよ、何？　節々が痛い？　どうか葛根湯を。はて、次は？〟と、患者の付き添いに訊《き》いたところ、〝あたしは病人じゃやなく、付き添いですけど――〟、それでも、この先生、〝付き添い？　暇だね、甘酒代わりに、さあ、葛根湯をおあがり〃。何とも、葛根湯先生、大活躍の伝でございました」

巧みなこのオチに、聴いていた患者たちはわあーっと笑いの輪を広げた。

克生も大声で笑った。

「おや、先生、そこにおいでになったんですか」

遊平治が声を掛けると、克生は広間を前に進んで、

「聴かせてもらいました。なかなか面白い藪医者の話でした」

「昨日は〃手遅れ医者〃ってえのでしたが、これもなかなかです。こいつはどんな患者が来ても、手遅れということにしている医者の噺でして。治せなかった時のための言い訳なんですよ、手遅れってのはね。運良く治ったら、手遅れを治したってことで、流行医者になれますしね。この医者、抜け目なく手遅れと言い続けていたつもりだったんですが、時にうっかりするもんです。ある時、屋根から落ちたという男が仲間に担がれてきてね、もちろん、手遅れ先生は、得意の〃手遅れですな〃、そこへ仲間の一人が〃手遅れ？　落ちたばっかしなのに〃、先生は、〃落ちる前に来れば助かりました〃ってね――。これはいかがです？」

「転んだのなら、手が先に地に着くということもありますが、屋根からの落下となると、足が先で、手は後でしょう。これはたしかに手、遅れです。手遅れ医者もこればかりは、的を射ていたというわけですね――」

克生はもう一つのオチを披露した。

「手遅れ医者は、疚《やま》しいところがあったんで、言い返さず、馬鹿な物言いをしたんですよ」

遊平治は挑むような眼差しを克生に向けた。

「医者だけが疚しいとは限りません」

克生は、遊平治の目の前に置かれている大徳利を見遣った。

「ここでは酒や煙草は禁じています」

「あたしにとっちゃ、これは薬です。ほどを心得てます。浴びるほど飲んで、酔ってくだを巻くなんてことはありゃしませんから、どうか、許してくださいよ」

「酒が薬とはね。ところで膝が震えていますよ」

そのとたん、遊平治の身体がぐらりと前に傾いた。

四

克生は和之進を呼び、失神した遊平治を治療処へと運び、治療台に横たえた。そして、心配してついてきた患者たちに、大丈夫だからと言って部屋に引き取らせると、前々から気になっていた部位を診た。

病衣の紐を結んだところで遊平治の気が戻った。

「神薬のご利益はまだですね。ここは極楽ではないようだ」

遊平治は不機嫌そうに呟いて、

「でも、まあ、患者さんたちは、料理人が拵《こしら》える、素材は安いが凝った料理の鰯《いわし》のおから鮨《ずし》なんぞに、飽いてきてるようですから。ありゃあ、そう美味《うま》いもんじゃありませんや。そのうち、治療は養生所と変わらないのに、そこそこの銭を取るのは酷い、これは遊平治師匠の言ってる通り、強欲な藪医者だってことになりますよ。瓦版と噺家の口にゃ、戸は立てられないもんです」

「ここでどんなに藪医者の話を聴かされても、わたしは、まだあなたに神薬を遣うつもりはありません」

　克生は涼しい顔で言った。

「まだ？　まだとおっしゃいましたね」

「言いました」

「ってえことは、やっぱり、銭次第ってことでしょう？　銭なら但馬守様が――。そこまでお世話になるのは気が引けますが、但馬守様は、あたしに何日も泊まり込ませて、噺を続けさせるほど噺好きですから、死んだあたしへの餞《はなむけ》と思ってくださるはずだ」

「遊平治師匠、わたしはあなたが気を失っている間に、病んでいる場所を突き止めました」

「ええっ？」

　遊平治は一瞬、蒼白になって、

「そりゃあ、あんまりだ」

　鋭く叫んだ。

「客を笑わすのが師匠の仕事なら、わたしが藪医者と誹《そし》られないためには、病を治さねばなりません。そのためには、たとえ拒まれても、患者の病を突き止めなければならないのです」

「先生は、あれをご覧になったんですか？」

「もちろん」

「でも、あれは――」

「痔瘻《じろう》のことですね」

克生はきっぱりと病名を口にした。

「誰にも見せたくねえもんで――」

遊平治の声が震えた。

痔瘻は肛門部に瘻管と呼ばれる膿《うみ》の筒ができて、周辺に開いた穴から膿が排出し続ける病である。

「臭いませんでしたか？」

遊平治は歯を食いしばって目を伏せた。

肛門内に侵入した細菌が、肛門周囲に炎症を起こして膿瘍を作り排膿する。この繰り返しで病状が進んで、患者は痛みや悪臭と縁が切れなくなる。

「あそこまで痔瘻を悪くさせたとは。さぞかし、辛い日々が続いたことと思います。酒は、疼《うず》く痛みをしばし止めるためのもの、たしかに薬だったのでしょう。わたしなら、到底、堪えられそうにありません」

なぜか、この言葉は遊平治の心に沁《し》みた。

「見えねえとこだけにね、てえへんでしたよ。こっそり、羅生門河岸へ出向き、その女将《おかみ》が手配してくれた、メスとかいう手術刀の自慢ばかりする、流れ者のいかがわしい蘭方医に、膿瘍を切り取ってもらったこともありました。弟子たちには気づかれませんでしたけど、膿を持つ出来物は増えるばかりだし、いよいよ、熱まで出てきたんでさ。これはもういけねえと思いやしたね。たしか、立本流を立ち上げ、男前で知られてた世之介師匠も、この病に取り憑かれて死んだんですよ。場所が場所だけに、汚ねえものにまみれる毎日で、弟子たちの話じゃ、〝臭い、痛い、何より恥ずかしい、死にてえ〟って言い続けてたそうで」

痔瘻を引き起こす黒幕の瘻管は瘻孔とも呼ばれる。肛門深部にあるこの瘻孔を塞《ふさ》がない限り、表面の膿瘍を切除するだけの治療では、痔瘻は完治しない。

「それで、師匠は神薬の世話になろうと思いついたのですね」

「てえした名じゃないが、後の世に、世之介師匠みたいに伝えられたくなくてね」

「なるほど」

「これで何もかも話しましたよ。隠してることはこれっぽっちもない。だから、先生、やってくれますね？」

「考えてみましょう」

「気取ってねえで早く決めてくださいよ」

すべてを話してほっとした遊平治は、よろめく足どりで治療処を出て行った。

それから三日ほど過ぎて、

「急を要する患者のようだ」

和之進が伝えに来た。

克生が急いで玄関に駆けつけると、若い大工が運び込まれるところであった。

顔が真っ青で弱りきって見えるのは、高熱のせいだった。

患部は左足の脛《すね》である。目を背けたくなるほど大きな膿瘍ができている。

若く、少女のような面差《おもざ》しの女房が付き添っていた。

「このまえ、仕事中、大風が吹いて屋根から落ちたんです。けど、足の骨は折れてなくて、うちの人も〝大丈夫、俺は運がいい。日頃、お稲荷《いなり》様にお参りしてるおかげだ〟って言ってて、近くに住んでるお医者さんに傷を縫ってもらったんです。なのに――」

「それはいつのことか？」

「七日前」

克生はうーんと腕組みして、しばし患者を見つめた。

「そのお医者さん、このまま熱が続いたら助からないって。あたし、どうしても、うちの人に生きていてほしいんです。この子のためにも――」

若い女房はやや緩く結んである帯の下方に手を当てて、

「あたしたちは、どっちも孤児《みなしご》なんです。だから、この人が死んだら、生まれてくる子はどんなにか、寂しい思いをするかしれないいんです」

「たぶん命は助けられる。だが、左足は諦めてもらいたい」

克生に足の切断を告げられると、

「構いません。うちの人さえ生きていてくれたら、それで充分です」

ぱっと輝いた女房の顔に躊躇《ためら》いはなかった。

こうして、足の切断手術が行われることになった。

手術器具の消毒は和之進に任せ、克生は松右衛門が居留地から仕入れてくれた、新型の麻酔器の準備をした。これは置き式で、筒型の容器に溜めてある神薬を、ゴム管で患者の口に送り込む仕様であった。

予期せぬことに、弱りきっていたはずの大工は、克生の顔にしっかと目を据えて、〝このまま切ってくれ、眠ったまま死んじまってはかなわねえ〟と麻酔を拒んだ。〝足の切断は大腿部《だいたいぶ》の骨を切る大仕事なので、麻酔なしでは痛みのあまり、心の臓が止まりかねないのだ〟と説いても、〝角材になったつもりで頑張る、大丈夫だ〟の一点張りだった。

五

麻酔なしで片足を切断してほしいと譲らない大工の夫に、若い女房は、

「先生はあんまり痛いと、それが因で死んじまうことがあるっておっしゃってるんだよ。あんた、後生だから、先生のおっしゃる通りにしておくれよ」

泣きすがって、

「評判の神薬でやってください」

克生に手を合わせた。

頷いた克生は和之進に目配せした。

和之進は麻酔の吸入器を手にして大工に近づき、渾身《こんしん》の力を込めて身体を押さえ込むと、その唇をこじあけて吸入管の吸口を差し込んだ。

克生は大工の鼻を鉗子で挟んで、深く吸うよう命じた。抗《あらが》う大工は吸い込む代わりに舌で吸口を押し出してしまった。吸口を大工の口中に戻した克生は、外せないように口を両手で押さえた。

もはや、大工は神薬を吸い込むしかないが、それでも目に苦悶の表情を浮かべながら、必死に吸い込むまいともがき続ける。克生が吸口から手を離したのは、突然、患者の頭が片側に垂れ、全身の力が抜けた時だった。

「始める」

克生の手にしたメスが慎重かつ大胆に、大工の足に切り込んでいった。

和之進が白い晒の覆いを除《の》けて、手術用の鋸《のこぎり》を克生に手渡した。

どうしても立ち会うと聞かなかった女房が、それを見てああっと大きな声を漏らして、前のめりになったのを、あわてて和之進が支え、

「これ以上は、腹の子に悪い」

治療処の外へ押し出して襖を閉めた。

克生は鋸を何回か前後に動かし、切断した左足を、用意した水桶に投げ込んだ。最後に克生は丁寧に縫合して包帯を巻いた。この間、大工は身じろぎもしなかったが、恢復《かいふく》処で目を覚ますと、

「さっさとやってくれ」

と叫びだし、挙げ句の果てには、

「足くれえ、自分で切ってやらあ」

と啖呵《たんか》を切った。

克生が合図すると、和之進が水桶から切断した足を持って大工の目の前に掲げた。

「あんた、助かったんだよ。よかった、よかった。この先生は命の恩人だよ」

女房に手を握られると、

「お世話になりやした」

大工の目が濡れた。

足の切断手術の話は、すぐに入所している患者たちの耳に入った。

「恐ろしいことをなさったって聞きましたよ」

何日か経ったある日の八ツ時（午後二時頃）、克生が栗饅頭を頬張っていると、遊平治が部屋を訪ねてきた。

「一つ、いかがです？」

克生が栗饅頭が盛られた菓子盆を勧めると、

「それじゃ、いただきましょうか」

遊平治は手を伸ばして、舌鼓《したつづみ》を打つと、

「さすが美味いねえ。栗菓子で知られている伊勢屋のでしょう？　けど、こいつはどうもねえ――」

遊平治は克生が注いだ茶碗の麦茶に目を落とした。

「伊勢屋の栗饅頭には、宇治茶でしょう。先生は麦茶一辺倒なんですか？」

「宇治茶も、あれば飲みますよ。買ってまで飲みたくないだけのことです」

「ふーん」

そこで挨拶代わりの話はしまいになり、

「先生が凄腕を発揮して、片足を落とし、死にかけてた大工の命を助けたってえ話を聞きました。いいんですかねえ」

遊平治は思いきり頭を傾《かし》げて、

「聞いたところじゃ、娘みたいに若い女房は孕《はら》んでるっていうじゃないですか。この先、片足になっちまった大工が、女房子どもを養っていけるんですかね。仕事ができなくなったことが堪《こた》えて、酒に溺《おぼ》れ、女房を質に入れるのがオチですよ。あのまま死なせてやりゃあ、月満ちて生まれた子は養子に出して、女房は、別の男のところへ縁づくことができた。何より、涙なしでは語れない、綺麗な永遠の別れになったと思いますがね」

「ご心配をいただいているようなので、わたしと一緒に見舞いましょう」

克生は遊平治を促して立ち上がった。

傷の痛みと熱が癒えた大工は布団の上に腹ばいになって、枕元に大小の箱を並べて見入っていた。

「これから女房子どもを食わせていかなきゃいけねえんで、居職《いじょく》でできるもんはねえかって考えてて、先生に相談したら、銭箱、長持、文箱《ふばこ》、米櫃《こめびつ》、できた料理を入れとく切溜《きりだめ》なんぞを作る箱屋はどうかって、教えてもらったんでさ。それで早速、女房を箱屋へ走らせて、塗りで細工をする前の箱を幾つか、揃えさせたんです」

「できそうですか？」

「箱屋のご主人に、あっしのことを話したら、大工だったんなら、下地があるだろうから、仕事を出してやってもいいって、言ってくれやしたそうで。これで生まれてくる子に産着の一つも用意してやれます」

　大工の目は明るかった。

「それは本当によかった」

　この後、克生は遊平治を紹介し、先行きのことをたいそう気にかけているのだと伝えると、

「えっ！　そちらさんが？　あの遊平治師匠にまで見舞ってもらえるなんて、あっしも女房も、腹の子まで幸せ者だ。こんな格好のままですいやせん」

　肘で上体を支えていた大工は上体をさらに起こして、頭を下げた。

「で、師匠もどこか悪いんでやすか？」

「ええ、まあね」

遊平治はうつむいた。

「悪いところがあるんなら、この先生にばっさりやってもらうことでさ。何しろ、あっしの片足を、あっという間に落としちまったんだから」

病室を出て廊下を歩き始めると、

「やられましたな」

遊平治は苦虫を嚙《か》み潰《つぶ》したような顔で呟いて、

「ま、他人様《ひとさま》がどうなろうと、あたしの知ったことじゃありません。あたしがお願いしたいのは神薬だけですから。もっとも、あの大工のせいで、続けてる藪医者嘶は受けが今一つになっちまったが」

「あなたに神薬を用いてもいいと思っています」

「本当ですか」

遊平治の目が輝いた。

「ただし、痔瘻の治療に遣うのです」

「無駄ですよ。治療はご免です。世之介師匠も結構評判の蘭方医にかかって、いろいろ試したそうだが、痛くて情けなくて、ますます死にたくなったそうですから」

痔瘻の治療法は、ほとんどがその場凌《しの》ぎの膏薬《こうやく》塗りであった。そのほかに、絹糸を瘻孔と膿瘍の広がっている直腸に通して輪を作り、時をかけてその輪を徐々に絞り、糸が筋肉を断ち切るまで締め上げる施術、かんかんに熱した鏝で瘻孔を焼くもの等もあったが、どれも激痛を伴うばかりか、これらをもってしても到底、完治させることなどできはしなかった。痔瘻と闘い続けた世之介は死の床で、〝どうせ、こうなるんなら、あんな我慢はするんじゃなかった〟と漏らしたらしい。

六

「あなたの痔瘻は、このまま放っておくと、膿瘍がやがて悪い出来物に変わりかねませんが、神薬を用いて手術をすれば完全に治ります」

克生は断言した。

「信じられませんね」

遊平治はまだ半信半疑である。

「神薬を用いれば、さっきの患者の足のように、悪いところを存分に切って処置できるのです」

「痛みはないんでしょうね」

「ありません」

「先生はメスとかいうもんを達者に使うって聞いてるが、そいつでしくじったことだってあるんでしょう?」

遊平治は意地の悪い目になった。

「残念ながら、常に助けられるわけではありません。力の及ばぬこともあります」

克生は目を伏せた。

「患者は痛みがないが、先生はしくじって、患者を殺しちまうこともあるってか──」

遊平治は、わざとらしくはははと笑った。

「だったらよしとしましょう。そもそも、神薬で楽におだぶつになるのがねらいでここに入ったんだ。そのまま、すーっと眠ってるうちに、冥途《めいど》へ行っちまって、楽に死ねたと世之介師匠に自慢するのも悪かないでしょう」

遊平治は痔瘻の手術を承諾した。

いつものように手術に立ち会う和之進が麻酔器を操ろうとすると、

「先生にやってもらいたい」

頑固に首を横に振って克生に頼んだ遊平治だったが、目で頷いた克生が操作を始めると素直に従った。そして、ほどなく遊平治は息を深く何度か吸って、話しかけても応えなくなった。

「始める」

克生はうつぶせに寝かせた遊平治の身体にメスを入れた。克生は〝先生はしくじって、患者を殺しちまうこともあるってか〟〝そもそも、神薬で楽におだぶつになるのがねらいでここへ入ったんだ〟という遊平治の悪態に、〝おだぶつにさせるものか〟と心の中で怒鳴り返しつつ、大胆にして細心にメスを進めた。瘻孔、腸、肛門の筋肉を充分に切り開いて、瘻孔の部分を切り取る。大きな新しい傷口ができるが、これを縫合すれば、いずれ瘻孔はあとかたもなくなるのであった。

ついさっきまで悪態をつき、和之進が立ち会うことを嫌った遊平治は、ぴくりとも動かない。和之進は、また是非とも、遊平治ならではの悪態を聞きたかった。そして、目を覚ました時に遊平治が何と言うのか思いを巡らしていると、

「おい、汗だ。汗」

克生の尖《とが》った声にあわてて克生の額に浮かんだ汗を手巾《しゅきん》で押さえた。

目を覚ました遊平治は、

「ここはどうやら、この世ってえ名の地獄のようですね。極楽に人殺しの先生がいるとは思えないからね」

照れ臭そうに呟いた。

麻酔が切れた折、克生が案じて、

「よほど痛みますか？」

「まあ、多少はね。痛みに馴染《なじ》んでたせいかね、ぱたっと痛くなくなっちまったら、きっと寂しいもんでしょうよ」

高座でオチを演じる時の癖で、ふふふと含み笑いを洩《も》らした。

遊平治は日に日に恢復していった。訪れる弟子たちの顔も明るく、贔屓客から託

された見舞いの品々を毎日のように持参してくる。但馬守もその一人で、克生にも多額の薬礼が届けられていた。その都度、遊平治は必ず上体を起こして、それらの品々に手を合わせた。

「待っていてくださるお客様がいるのはありがたいことですよ」

「このぶんだと一月もすれば、また、高座で噺ができるでしょう」

克生は笑顔を向けた。

「両親《ふたおや》はとっくに死んじまって、女房、子もなく、あたしにはこれしかないんですよ」

和んでいた遊平治の目が一瞬翳《かげ》って、

「今、心のうちが顔に出ちまった。先生と同じですよ」

「わたしと?」

頷いた克生は知らずと笑みを消していた。

「そうですよ。その年齢《とし》で独り身の先生は、笑っていても目はいつも置いてけぼりだ。目だけが笑っていない。それで、このところ、つくづく感じてますよ、あたしと先生は似てるんだって――。噺と医術、芸は違うが、お互いそこそこ一芸に秀で、世間にも認められてるが、そいつをもっともっと極めなけりゃ、おさまりがつかない。生きてる甲斐がないんだ。理由は、これと言える身寄りがないせいですよ。今、独り身なのも、ちっとばかしの才を頼んで、自惚《うぬぼ》れが強かった若い時分、さんざん勝手をやって、女を泣かせた報いなんだが、人は自分のためだけには生きられないって、今更、気づいても遅いんですよ。それで、寂しさを自分の芸で埋めて暮らしてる。噺好きのお客のためだ、命を預けてくれる患者がいるからって、日々、自分に言い聞かせてるのは、そうでもしないと寂しくてたまんないからさ。図星じゃないですか？」

克生は、しばし目を畳に落としていたが、

「寂しさ晴らしに一つ、陽気な医者噺を聴かせてくれませんか？」

真顔で頼んだ。

「わかりました」

正座はまだ無理なので、尻を浮かした膝立ちで遊平治は〝仙鬼《せんき》〟を話し始めた。

「これはとびっきり、愉快な破礼《ばれ》噺でしてね」

〝仙鬼〟は〝疝気《せんき》の虫〟とも言う。ある医者が、疝気、即《すなわ》ち下腹部に激痛を起こすのは人の身体に棲《す》みついている蕎麦《そば》好きの虫の仕業で、その虫は最も苦手な唐辛子が男の体内に入ってくると、離れと呼んでいる睾丸《ふぐり》に逃げ込むのだという夢を見る。

「ははあ、それで疝気にかかったら、あそこがあんなにふくらむわけか」

遊平治は眉根を寄せつつ、ふわふわと笑った。男の疝気は睾丸炎や脱腸、陰嚢水腫等によって引き起こされることが多く、大事な袋が腫《は》れ上がる。

折しも、疝気を起こした男の家に呼ばれ、治療を施すことになったこの医者は、女房に亭主の傍らで蕎麦を食べるように言い、唐辛子の入った水を丼鉢に用意して、蕎麦の匂いに釣られて亭主の口から出てくる虫たちを、待ち受けて退治しようという、前代未聞のことを試みる。

ところが出てきた虫たちは、女房の口に吸い込まれていく蕎麦の香りに興奮、亭主の口からぞろぞろと女房の口に飛び移って、腹の中へと入って暴れ始めた。

これで亭主の疝気は治ったが、女房の方は腹を押さえて苦しみだした。

驚いた医者から勧められて、女房が唐辛子水を飲み干すと、蕎麦の入った腹の中で上機嫌だった虫たちは大あわてとなる。

「うわあ、大変だ。唐辛子が入ってきた。離れだ、離れへ逃げろ。離れだ、離れ、離れ。あらら、離れがない――」

　このくだりを遊平治はふふふと含み、

「唐辛子が怖い、怖い、殺される。それでも、あたしは、虫になりたいねえ」

　いひひといじきたなく笑って歯茎を剝《む》き出してみせて、

「だって、あたしの虫は男の性だもの」

　見事に締め括った。

「これで少しは寂しさが晴れましたかね?」

「さすがです」

　克生はぱちぱちと手を打った。

「この年齢になると、酷い目に遭わされた性悪女のことはとっくに忘れちまってるんだが、泣かせた相手についちゃ、なんであんなことをしちまったのかと思い出されるんですよ。すまない、陽気な噺をしたつもりが、湿っぽくなっちまったようだ」

　しんみりと呟いた遊平治に、

「謝らないでください。わたしも悔い多き来《こ》し方の身なのですから」

この時、克生は遠い目を遊平治の後方に広がっている縁先の日陰に投げた。なぜか、そこに若き日の自分たちの幻を見たような気がした。

「行きかがり上、やむなく逃げるように別れた女、救えなかった命、白髪の数だけ悔いがあります。悔いばかりです」

真顔で克生が呟くと、

「伊勢屋の栗饅頭に宇治茶を合わせないのは悔いになりますよ。先生、美味いものを食わずじまいにするのも悔いのうちなんですから。前にも言ったでしょう？　栗饅頭に麦茶なんてとんでもないって――」

目の前の遊平治が、目尻に皺を寄せて笑い、過去の幻が消えた。

三話　女弟子

一

据物師の本業は罪人の処刑と、その骸《むくろ》での試し斬りによる刀の鑑定ではあったが、小田家の当主は、もう、何代も前から、骨董屋はだしの目利きで通っている。

この日、小田家八代目当主の小田孝右衛門は、典薬頭半井瑞光の長屋門を設えた小川町の屋敷に召し出されていた。

瑞光は文箱や硯《すずり》箱、手箱等、蒔絵《まきえ》の工芸品を熱心に収集している。道具屋が置いていった品々を、孝右衛門に見極めさせ、もとめるか否か決めるのである。ただし、これだけでは終わらない。小田家の特許商品である治療丹のことが、必ず話される。

小田家の女たちの代々の仕事である治療丹作りは、刑死人や行き倒れから抜き出した肝の臓等を干し上げ丸薬に練る。これが万病に効くとされて、たいそうな高値で売れた。まさしく、小田家の今日《こんにち》の財はこの治療丹の恩恵であった。

薬種屋間では常に治療丹の争奪戦が繰り広げられ、苦情は典薬頭の耳に入った。また、典薬頭が孝右衛門と親しいという話もどこからか漏れて、この治療丹を廉価でもとめようとする典薬頭の知人たちも多かった。そんな知人の中には、つきあいの長い大名家等も含まれていて、瑞光としても無下《むげ》には退けられないできたのである。

話が治療丹に及ぶと、あそこには手厚く、別のところには薄すぎたと、典薬頭に訴えてきた者たちの苦情に始まり、苦情に終わる。

孝右衛門はこの日もそれを覚悟して、一献賜り、昼餉《ひるげ》の膳に箸を付けた。鶏を粗叩きした後、板ずりし、表面を刃打ちして芥子《けし》の実を振り、たれをかけながら、焙烙《ほうろく》で四刻（約八時間）以上かけて焼いた松風鶏と、穴子、海老《えび》等を加えて、精進料理の炒《い》り豆腐を一工夫も二工夫もした海鮮豆腐の皿が並んでいる。いずれも八百福に頼んで孝右衛門が届けさせた逸品であった。

ちなみに、これは治療丹と共に、瑞光の屋敷を訪れる時の手土産代わりである。千五百石取りとはいえ、使用人の数を減らさず、常に屋敷を調《ととの》えて体面を保たねばならない典薬頭の台所事情は苦しく、瑞光が好きな蒔絵の収集を続けるには、孝右衛門などに膳を勧める余裕はないのである。

初めて会った日に、昼前から夜遅くまで、飯抜きで蔵の蒔絵につきあわされ、それとわかった孝右衛門は、以来、二人分の昼餉を持参することにしている。

瑞光に遅れず早すぎず昼餉を食べ終えた孝右衛門は、いつもの苦情を待った。

「治療丹の方はまあ、いい」

相手はさらりと流すと、

「頭痛の種は里永克生診療所じゃ」

ため息をついた。

「また、何か？」

孝右衛門は息を詰めた。

神薬での抜歯を制限して、ことはすんだとばかり思っていたからである。

「そなた、木挽町へは見張りに行っておるか？」

「このところは足が遠のいております」

神無月《かんなづき》に入ると、寒さが響くのか、治療丹の需要はまた、ぐんと上がって、孝右衛門はまだまだ不慣れな陽恵を手伝って、夜なべ仕事で量産に励まなければならなかった。

「神薬はさらに力を増して、何でも、助からないと誰もが思った大工の足を切って治し、さらに、当世きっての噺家三楽亭遊平治の業病も完治させたとか。これを遊平治が寄席で噺にすると、我も我もと、痔瘻を患う患者たちが木挽町を訪れていると聞く。今度は膏薬や煎じ薬で痔瘻患者を治療している町医者たちや、南町奉行所までが何とかしてくれと言ってきた」

「患者を取られた町医者はわかりますが、なにゆえ、奉行所のお役人まで押しかけるのでしょう?」

「笹岡十太夫という定町廻り同心が、木挽町の診療所へ廻った際、里永の下で助手を務めているという、同輩同心、倉本和之進なる者が応対し、〝わたしも定町廻り同心ゆえ、ここへの関与は一切、不要に願いたい。無用な心づけを払うつもりは毛頭ない〟と言い放ったのだそうだ。商人は定町廻り、ひいては奉行所への心づけを怠らぬものだ。町医者も、商うものが米や反物等ではなく、医療や薬であるだけのことで同じはず。気を悪くした南町奉行所では、これはお上への挑戦状だとまで言い立てておる。倉本和之進の立場も、このままでは危うくなろう」

草双紙か昔話に出てくる完全無欠な正義漢を画《え》にではなく、生身の人間に置き換えると孝右衛門の妻陽恵の兄である倉本和之進になる。

役人たるもの、人の世にありがちな心づけなどとは、断固無縁であるべきだと常日頃から断じている、信念の堅物であった。


「倉本和之進は義兄です」

孝右衛門はひっそりと応えた。

「そう聞いていたので気になったのだ」

この瑞光にも、蒔絵のほかに向ける情が多少はあった。

「義兄が診療所で働いているのがよろしくないのでございましょう？」

「その通りだ。同心は微禄ゆえ、たいていの者は内職をしておる。医者の助手をしていたとて、常なら咎めだてはないのだが、そなたの義兄が、袖の下を払わぬと啖呵を切ったのが災いした。この騒ぎは年番方《ねんばんかた》与力にまで届いて、近く、本業に専念して、以後、診療所には近づかぬようにとの沙汰《さた》が出るはずだ。従わなければ、即刻お役ご免となるであろう」

「義兄が助手を務めなければ、神薬をもってしても万全の手術はできず、里永克生診療所は、病に苦しむ患者たちを癒やすことができなくなってしまいます」

孝右衛門は、それでよろしいのかという、訴える目で瑞光を見上げた。

「そもそも、それが町医者たちのねらいだろう。このために、奴らは法外な心づけを弾んだかもしれぬぞ」

はははと瑞光はやや大きな声で笑い飛ばした。

「わしの務めは、この江戸で医療のよりよき規範を定めることだ。もはや、神薬と神業を備えた里永克生とその診療所は、なくてはならぬものとなった。といって、倉本和之進をこのままにはできぬ。倉本を退かして、里永が診療を続けるためには、片腕となる者が必要だ。そこで、広く医者を募ってみてはと思っている」

「それはよいお考えです」

相変わらず、典薬頭は切れるお方だと感心する一方、これで和之進も診療所も救われるとあって、孝右衛門はほっと胸を撫でおろした。

「医者選びは広くと申したが、おおよその絞り込みは善田屋松右衛門に任せようと思っている」

遣り手だが一人息子には甘い父親の善田屋松右衛門は、克生の執刀により、舌にできた岩を切除され、命拾いしたばかりであった。

松右衛門は、克生への恩返しを旗印に、大金を投じて、克生が住んでいたささやかな仕舞屋《しもたや》の両隣を買い、何人もの患者を収容できる、今の里永克生診療所に建てかえ、いずれ必ず商いの帳尻が合うと断じている。

「里永の許で神薬と卓越した手術を学べるとあらば、我も我もと若い連中が名乗りを上げて、志願してくることだろう」

あろうことか、瑞光は目をしばたたかせて、

「この世には治らない病が多すぎる。五年前のことになるが、嫁入り前の娘を、乳にできる進みの早い悪い出来物で死なせてしまった。何としても、治してやりたかった、治せる医者を見つけたかった――」

ああ、この男もそうだったのかと孝右衛門は感慨深かった。

二

愛宕下《あたごした》で開業している三枝玄斉《さえぐさげんさい》は、労咳（結核）、中風（脳溢血《のういっけつ》）、霍乱《かくらん》（心筋梗塞や狭心症、胆石等による胸腹部の激痛）、消渇《しょうかち》（糖尿病）等の治療を得意とする本《ほん》道《どう》（漢方内科）の医者であるが、頼まれれば広く、産科や腫れ物、刃物傷も治療した。

遠く京の公家《くげ》の血を引くその風貌は、すらりとしていて、若い頃は色男で通ったはずの、面長で色の白い整った顔立ちをしている。ぞんざいな言葉を使うことなど決してなく、下痢の患者に、猛毒の附子を間違えて煎じかけた弟子に、普通なら〝馬鹿〟と怒鳴るところを、玄斉は〝はて――〟と言ったきり、何日も口をきこうとしなかった。その姿に恐れ戦いた弟子たちが寝言も丁寧な物言いなのではないかと揶揄《やゆ》するほど、どんな時でも穏やかそのものだった。

そんな玄斉ではあったが、やはり若気の至りというのはあって、指折りの産科医になれば名誉も富も降ってくると信じ、京で賀川流の修業をした。にもかかわらず、産科の道には進まなかった。なぜかというと、恩師の娘に見込まれたものの、大人《おとな》しく眠っているような細い目の京娘をどうしても好きになれず、偶然出会った娘と一目で恋に落ちてしまい、手に手を取って、江戸へ下り、今日に至っているからである。

その妻を亡くしてから、かれこれ十年になるが、肌はやや浅黒いものの、ぱっちりした目が印象的で、きりっと引き締まった目鼻立ちの一人娘沙織《さおり》は美しく育ち、出会った時の妻にますます似てきている。

しかし、玄斉ほど、娘の婿選びで頭を悩ませた挙げ句、崖から突き落とされたかのような失望を味わった父親はいないだろう。往来を歩けば、誰もが振り返るほど、華やかな美貌の沙織の心を射止めたのは、よりによって、下痢止めに誤って附子を煎じるような弟子だったのである。怒りと悲しみで、どれだけ玄斉が眠れぬ夜を過ごしたかわからない。しかも、腹立たしいことに、その三枝家の婿は頭だけではなく身体まで弱く、沙織と夫婦《めおと》になって一年と経たないうちに流行風邪《はやりかぜ》で鬼籍に入ってしまった。

寡婦になったとはいえ、沙織はまだ二十二歳である。玄斉は何とかして、今度こそ、三国一の婿を見つけようと思い詰めていた。

「先生、善田屋さんから文が届いています」

診療着姿の沙織が玄斉の部屋の障子を開けた。沙織が父親をほかの弟子たち同様、先生と呼ぶのには理由がある。門前の小僧習わぬ経を読むを地で行くように、沙織は幼い頃から弟子たちに混じって、医術を見聞きしてきていた。沙織が娘盛りになっても、玄斉は医術見聞を止めろとは言わなかった。ただ、女子《おなご》なのだから、他所《よそ》の娘に倣って、茶や生け花、三味線の稽古にも通うようにと意見しただけであった。

沙織は病や薬の名の呑み込みが早いだけではなく、並外れた直感力と蓄えた知識を駆使して、患者の病状を誰よりも的確に診立てることができた。女だてらにと誹られても、玄斉には自慢の娘であった。ただし、出色の診立てに感心させられた時には、沙織が男子で跡を継いでくれるのならどんなにいいかと、複雑な気持ちにはなったが、面と向かって沙織に漏らすことだけはしなかった。

一人息子の風邪や腹下しで往診を頼まれることの多い、善田屋松右衛門からの文を読み終えた玄斉は、

「このところ善田屋さんは評判の神薬に入れ込んでおいでだ。自分が金を出して造った里永克生診療所で、うちの弟子の一人を修業させてはどうかと言ってきている」

「男子《おのこ》に限るのでしょうね」

沙織はため息をついた。

「まあ、そうだろうが」

玄斉は沙織に松右衛門からの文を渡した。

文から目を上げた沙織の目は、

「男子でなければ駄目だとは書かれていません」

きらきらと輝いていた。

当たり前のことだから、わざわざ断ることもなかったのだと言いかけた玄斉だったが、

「しかし、女子でもいい、とも書いていない」

「先生はここのどなたかを推挙なさるおつもりですか？」

沙織は容姿だけではなく、てきぱきした気丈な性格も母親似であった。

「今のところ、考えてはおらぬ」

玄斉は修業希望者を募るというやり方が気に入らなかった。どんなに神薬を巧みに操り神業を披露できたとしても、相手はつい最近、診療所を構えたばかりの新参

者にすぎない。それゆえ、三枝玄斉の門下に対しては、三顧の礼を尽くされて、是非にと迎え入れられるべきだと思っていた。それが多くの弟子を育成し、世に送り出してきている先輩医家への礼節というものだし、もし、万が一、勇んで希望したものの、篩《ふる》われて克生の弟子になり損なえば、赤っ恥をかくのは師たる玄斉であった。

「ならばわたくしを推挙してください」

沙織の目は真剣そのものである。

「しかし――」

額に冷や汗を浮かべた玄斉に、沙織は必死に食い下がり、松右衛門が寄越した文について、ほぼ同じ問答を小半刻《こはんとき》（約三十分）ほど繰り返した。

匙を投げたのは、一度言い出したら聞かない娘の気性を熟知している玄斉の方で、

「まあ、希望だけはしてみるがいい。だが、娘のことゆえ推挙の文は書けぬ」

「ありがとうございます」

沙織はにっこりと笑って深々と頭を下げた。

それから五日が過ぎ、善田屋松右衛門は里永克生診療所の治療処で、まずは口を

開き、縫合の痕に異常がないか診てもらった後、克生と向かい合った。

すでに市中から弟子を募ることは伝えてある。

このままでは和之進がお役御免になると聞かされた克生は、手術の際は助手ともなる弟子を取ることを承知している。

「これだけの方がここで学びたいと希望しておられます」

松右衛門は大事そうに抱えていた風呂敷包みを開いて、自薦他薦の書状を取り出した。

「五十名は超えております」

満面に笑みを浮かべて、

「とはいえ、典薬頭様の命により、市中の医者という医者に文を出して募ったので、籤《くじ》と同じで外れも多く、中には長崎帰りだけを看板に、怪しげな膏薬治療をしていて、患者の寄り付かない、蘭方医とは名ばかりの者も交じっております。手代たちに調べさせましたところ、開業していて流行っているか、修業中ながら患者に評判がいいのは、このうち、四名だとわかりました。いずれも甲乙つけがたく、優秀な方々のようです。いかがです？　いっそ、この三人を弟子に迎えられては？　あれだけの手術をなさる先生には、何人、手助けがいてもよろしいはずです」

「眼鏡に適《かな》う者が四人なのに、一人減らして三人を弟子にするようにとは、どのような理由があるのですか」

克生は首を傾げた。

「申しそびれました。減らした一人は高名な三枝玄斉先生の娘御で名は沙織、自薦です。しかし、本道（内科）はまだしも、女子に手術の助手は無理ではないかと――」

三

診療所の助手に女子の志願者がいると、松右衛門から聞かされた克生は、

「三人もの手助けは不要。弟子は一人で結構。あなたが外した女子も入れて、四人の中からわたしが選びます」

「試験をなさるおつもりですか？」

「もちろん」

　克生は笑顔で頷いた。

「診立てや手術の技を競わせるのでしょうね」

　松右衛門はそう思い込んだが、克生は墨に筆先を浸すと、さらさらと以下のように書いた。

〝ももんじ屋より美味い薬食い料理〟

　薬食いとは、猪や鹿、牛、豚等の肉を滋養のために食べることであり、これらの四足動物はももんじと呼ばれ、ももんじ屋では、肉を売るだけではなく、主に醬油と砂糖で煮付けて客に食べさせてもいた。

「これが試験の問題です。志願者たちがここの厨《くりや》で作ったものを、わたしが食べて決めます。日時はそちらで決めて四人に知らせてください」

「ご冗談でしょう？」

　松右衛門はいささか、むっとして克生を睨んだ。

「ももんじは調理法が今一つ工夫されていません。患者さんに勧めても、滋養があるのはわかってはいるが、塩、醬油、砂糖で煮るだけでは、とても臭くて食べられないと、眉を顰《ひそ》めて首を振るばかりです。昨日も一人、労咳が悪化して亡くなりましたが、当初から、薬食いを実践していたら、こうも早く亡くなることはなかったろうにと、悔やまれてなりません。ところで、松右衛門さん、あなたは年に何度、薬食いをしますか？」

「毎年師走に入って、風邪祓いの御札を頂戴《ちょうだい》しに行った帰りに、両国のももんじ屋へ足を運び、牡丹鍋《ぼたんなべ》（猪鍋）を食べるだけです。食べて十日ほどは、猪に元気を貰ったかのように寒さを感じません」

「風邪の難を避けるには、少量を日々、口にするのがよいのです」

「悪くすると命を落とす流行風邪は真っ平ですが、でも、あの臭いはとても――」

薬だと思って我慢して食べていることもあって、松右衛門はぎゅっと目をつぶった。

「あなたも美味い薬食いがあったら飛びつくはずです」

「それはそうですが、医術の知識が豊富で、診立てや手術の腕に覚えのある方々に、料理人まがいの試験をするのは――」

松右衛門は困惑しきった。

「わたしも弟子を取るからにはそれなりの期待をしています。神薬を用いての手術の時は助手でも、本道の診療では、相応の腕を発揮できる者でなければ困ります。人を見る目があるあなたが絞り込んだ四人に間違いはないはず。だとすれば、秀逸なこの四人は、医食同源は医の真理の一端であり、適度の薬食いは労咳だけではなく、育ち盛りの子どもは言うに及ばず、人の身体には欠かせないものだと、当然、知っているでしょう。治療の一環である、美味い薬食い料理が試験問題であっても、異議を唱えるとは思えませんが」

ここまで理を詰められると、さすがの松右衛門も二の句が継げなかった。商いでは引き下がることなど滅多にない松右衛門だったが、克生の神業は神薬や手技に留まっていないと驚嘆する一方、掌の上で自在に転がしてきたはずの小さな珠《たま》だった克生を、初めて侮り難しと感じた。

この後、松右衛門は緒方洪庵《おがたこうあん》の門下生石井秀堅《いしいしゅうけん》の堅信《けんしん》塾から推挙されてきた山本常泰、奥医師戸塚静海《とつかせいかい》の直弟子仁井田隆太《にいだりゅうた》、浅草阿部川町で開業していて、評判のいい蘭方医高松修作《たかまつしゅうさく》、そして、愛宕下の医師三枝玄斉の娘沙織に宛て、試験問題を記した文を届けた。

山本常泰は、大坂の適塾に呼ばれたから、仁井田隆太は体調不良を理由にそれぞれ辞退してきた。が、これらは明らかに方便である。大勢の弟子を抱えている医家では、繁盛しているように見えても、とかく物入りで、方便は大商人である松右衛門の不興を買わないためであった。一方、松右衛門の顔も見たことなどなく、小さな仕舞屋で、一人、細々と患者を診ているだけの高松修作は、選ばれた暁には今後の医療に役立てるため、一時、休診してもという覚悟であったのに、医の知識でも術でもなく薬食い料理で優劣をつけられるのは肯《がえ》んじえないと、はっきりと文で断ってきた。

かくして残ったのは三枝玄斉の娘一人となった。

松右衛門がこの事実を克生に伝えて、

「女子は煮炊きが得手なもの、先生が医食同源に拘《こだわ》りすぎた結果です」

思わず愚痴を洩らすと、

「それで結構」

返ってきたのはこの一言だった。

松右衛門に〝承知いたしました〟という文を返してきた沙織は、決められた日時に里永克生診療所の門を潜《くぐ》った。

渋茶色の鮫小紋《さめこもん》の着物にやや帯を低めに結んで、薬籠と一緒に抱え持っている風呂敷の中身は湯熨斗《ゆのし》をし、きちんと畳んだ診療着であった。

「わたしが里永克生だ。あなたが三枝沙織さんか」

「は、はい。三枝玄斉が娘、沙織にございます」

治療処へ足を踏み入れるなり挨拶の先手を取られた沙織は深々と頭を下げて、上目づかいに相手を盗み見た。

向かい合っている克生の髭の伸びた顔は、凛々《りり》しく精悍《せいかん》ではあったが、すがすがしくもあって、それゆえにやや悲しげに見えた。そのうえ、神薬を使って神業と称される手術を続けているというのに、傲《おご》りのみならず、自負さえも微塵《みじん》も感じられない。なぜか、自責にも似た悲しみが、持ち合わせている強い気迫を増長させているように感じた。

「試験問題は承知しておろうな」

「はい」

沙織は小さな声で呟いて項垂《うなだ》れた。

「それでは」

沙織を厨に案内しようとして、克生が立ち上がりかけると、

「お待ちください」

沙織は青ざめた顔を上げて、

「試験問題を変えていただけませんか？」

やや上ずった声を出した。

「試験問題を変える気はないが、あなたは内容を承知でここへ来たはず。にもかかわらず、そんなことを言うとは。その理由は気になる。話してもらおうか」

「わたくしは幼い頃から、煮炊きをしたことがございません。母が生きていたら、女子の心得として、少しは煮炊きも覚えさせてくれたのでしょうが、厨を取り仕切っていた婆やは、とにかく、わたくしに甘かったのです。幼い頃から、わたくしが夢中になってきたのは医術でした。患者さんの病を診立て、治療する父玄斉の姿を見て、医薬や手術を学ぶ日々でした。医術でなら、誰にも負けない自信はございます。どうか、どうか、試験問題の変更をお願いいたします」

沙織は畳に頭をこすりつけたが、

「あなただけを特別扱いすることはできない。今回、弟子を取るのは見送るとしよ

う」

厳しい声で克生がそう言い切った時、

「大変だ。難産の妊婦が二人も運ばれてきた!!」

弟子が決まるまでという条件つきで、助手をしている和之進が障子を開けた。

四

「若い頃、京にいた父玄斉は賀川流の門下であったため、どうしてもと乞われた時に限って、出産に立ち会うこともあるのです。父が不在で急な出産になった時には、わたくしが、何度か賀川流秘伝の産科術を用いてまいりました。難産は経験がございます」

沙織は難産と聞いて血が騒いだ。

「自信があるのだな」

克生に念を押されると、

「はい」

「それではお手並みを見せてもらおう」

「わかりました」

沙織は早速、診療着を羽織ると、治療台の上に並んで寝かせられている妊婦を診た。二人とも町人で二十歳そこそこである。一人は絶えず、陣痛による呻《うめ》き声を上げていて、もう一人はぴくりとも動かない。

「心の臓が弱っています。こちらを先にせねばなりません」

言い切った沙織は、真っ青な顔でぐったりと死んだように目を閉じている妊婦のために、賀川流を創始した賀川玄悦が発明したという鉄鉤《てつかぎ》を、持参してきた薬籠の中から取り出した。

賀川流の産科道具は、産科術の秘伝書と合わせて三枝玄斉が大切にしまっている。しかし、鉄鉤だけは特別に玄斉が娘に与えた。これを用いることのできる、娘の力量を認めていたからであった。

「鉄鉤は産科の鉗子であろう」

克生にほうという目で見られると、

「これには父の想いが込められております。わたくしの守り刀のようなものでございます」

沙織が鉄鉤を手にして瀕死の妊婦の前に立とうとすると、

「まずはそれを鍋で煮ます」

控えていた和之進が手を差し出した。

「そんなことをしていては時がありません」

「いや、大丈夫だ。常に鍋の湯は煮たっているし、瞬時に冷やすための湯冷ましも常備してある」

克生の指図とあっては従わないわけにはいかなかった。

十五数えて和之進は鉄鉤を湯から取り出すと、すぐに冷まして沙織に渡した。

患者の産門から赤子の左手足と臍帯《さいたい》が覗いている。触れるとすでに硬く冷たかった。死んで生まれる赤子の分娩に立ち会うことほど、切なく悲しいことはなかったが、沙織は心の中で流した涙を振り払って鉄鉤を使った。一刻も早く、妊娠と難産によって弱った母体を救うために、いずれは腐って、敗血症や大出血を引き起こしかねない死胎児を取り出さねばならなかった。

母体の産道や会陰《えいん》を傷つけないよう、沙織は鉄鉤の尖端で死胎児の脳の骨を砕いた。この時はいつも心を無にして手技に集中する。不運にも、この世に生を受けられなかった子どものことを、くよくよ思い悩んだりはすまいと決めていた。小さくなった脳の骨に鉄鉤を引っかけて一気に死胎児を引き出すと、あとは難なく胎盤や脳の骨の欠片《かけら》と一緒に卵膜が出てくる。ほどなく、死人のようだった妊婦の顔にうっすらと赤味が戻った。

克生は沙織から受け取った死胎児を、和之進が差し出した木箱に入れると、丁寧に手を合わせた。それに倣った後、沙織は唸り声が聞き取りにくくなったもう一人の妊婦の前に立った。三日三晩、陣痛に耐えてきたというのに、妊婦の腹部に変化はなく、胎児はまだ子宮に留まっている。

「ここは？」

痛みと不安、絶望が相俟《あいま》って、意識が混濁し始めている妊婦は、虚ろな目を宙に向けた。

「診療所ですよ、わたくしたちは医者です、ご安心なさい」

沙織は妊婦を励まして、和之進が再度煮沸、冷却した鉄鉤を手にした。このままでは母子共に命を落としてしまう。沙織は今まで何度もこの状態を経験してきた。

鉄鉤を使って救えるのは母親の方だけなのである。

「お願いです。わたしはどうなっても構いません。どうか、お腹《なか》のこの子だけは、この子だけは助けてください」

それだけ言うと妊婦は目を閉じ、ぐったりした。克生は素早く脈を診た。

「痛みのために気を失っているだけだ」

さあ、どうするのかという顔で沙織を見た。

「母体を優先するしかありません。これほど骨盤が狭く斜めに傾斜していては、無鉤回生術をもってしても、赤子は救えません」

母体を救う目的で死胎児を鉄鉤を用いて娩出させる方法は、賀川玄悦によって回生術と名づけられたが、その後、種々の器具が創意工夫され、湯に浸すと軟化し、冷えると硬くなる鯨の鬚《ひげ》を鉄鉤代わりに使う、探頷器《たんがんき》による無鉤回生術が考案されていた。

「人の命に軽重はない。たとえ腹の中の子でも命は命。ましてや、この母親は我が身に代えてもと、子の誕生を望んでいる。医者の勝手は許されまい」

克生は和之進に麻酔器を用意させて妊婦に吸わせると、メスを手にした。

「まさか、腹部を開くおつもりでは？」

沙織は仰天した。

解体新書に描かれている人体の構造こそ知ってはいるものの、漢方医を筆頭に、たとえ、蘭方医の看板を掲げている者でも、多くの医者は、子宮を含む五臓六腑及び、その周辺に手術を行うことをしなかった。切腹という武士固有の自決法もあり、人の命を司る深部への畏怖と恐怖が、あまりにも強かったからである。

妊婦がさらなる深い眠りに落ちていくのを見計らった克生は、

「わたしの言う通りに手伝ってほしい」

沙織に命じた。

「わかりました」

沙織は全身が緊張で震えそうになるのを必死で堪えた。

「始める」

克生は張りつめた腹部の臍《へそ》より一寸七分（約五・一センチ）下から縦に最初のメスを入れた。

「両縁を引っぱって押さえろ。中が見えるように」

沙織の細く器用な指が動いた。卵のような形に広げられた切り口の中に胎児を抱いている子宮が見えた。切り口からの出血はほとんどない。

子宮にメスを入れ、子宮底部から頸部《けいぶ》にまで切り進めると、筋肉組織が緩《ゆる》み激しく出血する。克生はメスを置くと、素早い動きで子宮の中から胎児の腕と肩を摑んで引き出し、臍の緒を切って、和之進に預けた。

しかし、勝負はこれからだった。克生が後産《あとざん》を取り除いている間、沙織は切り口の上部を手で押さえて出血を止めようとした。だが、これでは止血にならなかった。血はどくどくと流れ続けて腹腔内を満たしていく。はみ出したとぐろ状の腸を元の場所に押し戻さなければならない。夥しい量の血が噴き出していて止まらず、出血多量による死が危ぶまれた。

沙織は救いをもとめるように克生を見た。

「今、血を止める」

克生は血の海に沈んでいる子宮を引き出すように沙織に命じた。目にも留まらぬ速さで子宮頸部を通っている血管を、手にしていた、ごく細い針金で縛り、和之進が一、二、三と声に出して数えたところで出血が止まった。

五

「縫合にかかる」

和之進は備えにと、絹糸を通した針をもう一本用意していた。

さっと針に手を伸ばした克生は、

「急がねばならぬ。あなたも針を取って縫うのだ。和之進が二百まで数え終えないうちに縫合したい」

沙織に向かって言った。

「わかりました」

沙織がはっきり応えると、和之進は再び声に出して数え始めた。

「――五、六、七、八――」

和之進から針を渡された沙織は、迅速に針を進めている克生の反対側から傷口を縫い始めた。怪我で裂けた傷口を縫うのは慣れている。患者に苦痛を与えないために素早いが丁寧な施術は、父玄斉に舌を巻かせるほどの腕前である。傷を縫わせたら、たとえどんなに縫いにくい形状であろうと、完璧に縫合する技を沙織は持ち、三枝門下で右に出る者はいないと言われていた。克生と沙織は両端から縫い始めて、中ほどで縫い目を交わらせた。縫った目は二針ほど克生の方が多かった。

「百八十三」

和之進は数えるのを止めた。

丹念に縫い目を調べてよしと頷いた克生は、子宮頸部を縛った針金を外した。沙織の目は子宮の傷の縫い目にじっと注がれている。ひたすら克生と自分の縫合の腕を信じて、心の中で手を合わせた。この時初めて、さらなる出血さえなければ、これが代替試験になって、首尾よく弟子にしてもらえるかもしれないと思った。だが、それも一瞬のことで、沙織はただただ、生死の境にいる患者のために祈り続けた。

「最後の縫合を」

命じられた沙織は緩んだ腹壁を縫い、克生は患者の脈や息遣いを確かめた。

麻酔から覚めた母親は、頭に薄く毛の生えている赤子をその腕に抱くと、

「ありがとうございます、ありがとうございます」

涙を流した。

「よかったですね」

沙織は目頭が熱くなった。

しばらく様子を見た後、命拾いした二人の患者と元気な赤子は別室へと移された。

沙織は診療着を脱ぐと、しばらく治療処の隣の小部屋に座っていた。もしかすると、克生が襖を開けて、弟子入りを許すと言ってくれるかもしれないという淡い期待ゆえであった。

しかし、半刻（一時間）ほど過ぎても、廊下はしんと静まりかえったままである。治療処からも人の声や物音は聞こえてこない。

やはり、駄目なものは駄目だったのだと、肩を落とした沙織は廊下に出て、奥へ声を掛け、ふんわりと漂ってくる、嗅いだことのない美味な匂いに惹《ひ》かれつつも、診療所を辞そうと玄関に向かうと、

「それではわたくしはこれで――」

「腹が空いてはいませんか？」

和之進があわてて廊下を歩いてきた。

和之進は驚嘆の目の奥に、優しい労《いたわ》りの表情を隠せなかった。

それに気がついた和之進は恥じらったかのようにうつむき、沙織はしばらく忘れていた胸の高鳴りを感じた。

「大丈夫でございます」

言葉とは裏腹に沙織の腹の虫がぐうと鳴いた。

ふっと微笑《わら》った和之進は、

「今、厨で克生がももんじを料理しています。是非、あなたにも食べていくようにと言っています」

「先生がももんじ料理を？」

「年季が入っていて上手いものですよ」

「よろしいのでしょうか」

あまり食べ慣れていないももんじ料理とあって、普段の沙織なら気の進まぬところだったが、断るにはあまりにも腹が空きすぎていた。

「どうぞ、遠慮なく」

沙織は客間ではなく、厨へと案内された。

克生が平たい鉄鍋のかかっている七輪の前に座り込んでいる。

鍋の中では白い脂が溶けかかっている。克生は酒、味醂《みりん》、醬油に漬けた薄い肉片を箸で摑むと、その鍋に入れ、すぐに裏に返して両面を焼いた。廊下に流れてきていたのとはまた違った、濃厚で香ばしい匂いが立ちこめる。

「さあ、できた」

克生は沙織に箸と皿に盛った焼きももんじを渡した。

「食べてみなさい、美味くてならぬはずだ」

箸で切って、最初の一切れを口にした沙織は、

「まあ、何て美味《おい》しい」

感激は驚きに近かった。

「本当にももんじなのですか?」

沙織が食したことのあるももんじ料理は、猪肉の牡丹鍋、鹿肉の紅葉《もみじ》鍋、そして今、大流行の牛鍋だけであった。どれも味噌と砂糖で煮付ける。

「焼いたももんじを食べたのは初めてです。これは鹿でしょうか?」

鹿肉は猪肉に比べると味にクセがある。

「松右衛門さんからいただいた近江《おうみ》の牛肉です」

「牛鍋と同じ肉だなんて信じられない」

牛鍋の牛肉は肉質が硬く、臭いがきつすぎて沙織は好きになれなかった。

「牛肉に限らず、肉質のいいもんじは鍋にするより、さっと焼いて食べた方がよほど美味いのだ」

「居留地で学んでいた時、覚えたのか？」

和之進が口を挟んだ。

「まあな」

この後、克生は次々に牛肉を焼き上げては、和之進や沙織の皿に入れつつ、自らも口に運んだ。途中、三人が話をすることもなく、次から次へと牛肉のたれ焼きを胃の腑におさめたのは、あまりに美味かったからである。

後片付けをし、

「それでは――」

そう言った沙織は、とうに克生の弟子になることは諦めていた。すでに何が何でも弟子になりたいという、野心に似た思い詰めた気持ちは去っている。克生のおかげで、滅多にできない経験をし、人を助けることができたという充足感は、満たされた胃の腑同様たいそう心地よかった。それに何より自分の仕事を労《ねぎら》い、認めてくれた男《ひと》もいた——。

「いかん、松右衛門さんに大事なことを言うのをうっかり忘れていた」

克生はいたずら好きの少年のような目で沙織を見て、

「志願者は女子に限ると言いそびれてしまった」

大袈裟《おおげさ》に頭を掻《か》いたのである。

「ということは——」

沙織はこの時、自分の心に色を着けることができれば、菜の花に似たお日様色に輝いているはずだと思った。現に沙織は目をきらきらとさせ、頬を紅潮させていた。診立て、執刀、縫合、どれをとっても神業の持ち主である克生の許で修業できる幸せに酔いかけていると、

「明日、朝五ツ（午前八時頃）ここへ来るように」

「はいっ」

叫ぶように返事をした。感謝の言葉を続けたかったが、感動と興奮のあまり声が出なかった。この時、ことの成り行きを不安そうに見守り続けていた和之進の目と、

沙織の目が偶然合った。
〝よかったですね〟
やっと和んだ和之進の目が伝えた。
〝ありがとうございます〟
沙織は想いを込めて目礼した。
帰り着いた娘の話を聞いた父三枝玄斉は、
「そなたを弟子に取るのは順当であろう」
笑顔で頷いたのは、神業の持ち主克生がまだ独り身だと知ってのことだった。

六

噺家三楽亭遊平治が高座で自身の痔瘻の手術の顚末《てんまつ》を噺にして、大受けを取っているためか、このところ、里永克生診療所を訪れる患者は痔瘻が多かった。麻酔で眠らせた後、克生が執刀、沙織が傷を縫合するという絶妙な分担が幸いして、手術患者の数は増した。

善田屋松右衛門は三日にあげず様子を見にやってきては、沙織が加わってからの手術数が格段に増えたことを喜んだ。そして、

「どうしてもと頼まれている、気の毒なお内儀さんや奥方様がおいでなんです。どうか、こちらもお願いいたします」

長きにわたって、大店や大身の旗本家の奥に引き籠ったままでいる、若い母親たちの手術を迫った。

夜の帳《とばり》が下りた頃、よろよろとした足どりでやっとのことで裏木戸を潜る女たちは、まだ三十路《みそじ》前がほとんどだったが、痩せて顔色は土気色をしている。分娩の途中で負った会陰部の凄まじい裂傷が次第に悪化して、膀胱と膣の間にできる瘻孔、膀胱膣瘻を病んでいた。

膀胱と膣の境がなくなるこの病に冒されると、自覚なく尿が膣内から漏れ出し、当人が自己嫌悪に陥るだけではなく、家族から幽閉生活を強《し》いられるのが常であった。小豆《あずき》大の穿孔は切開、縫合、焼灼《しょうしゃく》を繰り返すたびに肥大し、膀胱炎や腹膜炎等の感染症を併発して死に至る。尿の垂れ流しのせいで、夫や子どもが寄り付かなくなったのを悲観した挙げ句、梁《はり》に扱《しご》き（腰帯）をかけて自ら命を絶つ女もいる。

〝死なせてください〟

手術台に横たわる女たちの目は絶望に打ちひしがれている。膣瘻は、元凶の瘻管、膀胱と膣の間にできた道を閉じる根治手術を行わなければ完治しない。沙織は克生に命じられた通り、どんな動きにも耐えられるよう、切開部分の二重縫いをこなし、絶望しきって死に救いをもとめていた女たちに笑顔を取り戻させた。

「沙織先生、あなたの本道の診立てが傑出しているとは聞いていましたが、手術にこれほどよい腕をお持ちだとは知りませんでした。薬礼ならいくらかかっても構わないと言っていたお内儀さんや奥方様のご両親は、やっとこれで、死んだも同然だった娘を生き返らせることができたと大喜びでした。わたしも我が事のようにうれしかったです。里永克生診療所はあなたという方を得て、ますますの繁盛が望めます」

治療処にどっかりと腰を据えた松右衛門は、手放しで沙織を褒めた後、克生が患者の見廻りに立ち上がったのを見すまして、

「実は沙織先生を見込んでご相談したいことがあるんです」

向かい合っている沙織の方にじりっと膝を進めた。

「何でございますか？」

沙織が見当をつけかねていると、

「難儀しているのは薬礼にございます」

「その話なら、弟子にしていただいたばかりのわたくしが、口を挟むことではありません」

きっぱりと言い切って立ち上がろうとした沙織を、松右衛門の次の言葉が押し止《とど》めた。

「お実家《さと》が医家の沙織先生なら、薬礼が開業の要《かなめ》になっていることはご存じのはずです。お父上の並々ならぬご苦労も見てこられていることでしょう。人は霞を食べて生きていける仙人とは違います。それゆえ、里永先生の後ろ盾であるわたしも苦慮しております。このままではいずれ、神薬と神業で広げたこの診療所を畳まねばならなくなるかもしれません」

「診療所はそんなに苦しいのでしょうか？」

案じる余り、沙織は思わず口走ってしまった。

「里永先生は鮮やかな手術のお手並みで患者たちを救ってこられましたが、このうち、採算が合ったのは、大名家が代わって多額の薬礼を届けてきた遊平治師匠の時と、わたしが金を惜しまぬ身内から頼まれた、気の毒な女子たちだけです。屋根から落ちて怪我をし、膿の毒が全身にまわりかけた大工の片足切断や、あなたが適切に死胎児を取り出して手当てした難産、臨月の腹を割って母子ともに助けた手術については、赤字も赤字、大赤字なんです。ちなみに佐倉にある蘭方医所の満天堂では、片足切断が五両（約四十万円）、難産は五百疋《ぴき》（約十万円）、割腹出胎児術は十両（約八十万円）だそうですが、里永先生はどれにも百疋（約二万円）しか取っておらず、これでは傷の手当てや出来物の切開、膏薬貼りに毛の生えたような額です」

「これからは、満天堂と同じように、多額の薬礼を取るようにしたいというお考えなのでしょうか？」

そんなことになったら、よほどの金持ちでない限り、克生の手術の恩恵は受けられない。命に値段はないはずなのにと、沙織は複雑な気持ちで松右衛門の次の言葉を待った。

「いやいや、そこまでわたしもがめつくはありませんよ。ほかの医者が匙を投げた患者を先生方が颯爽《さっそう》と助けて、瓦版が書き立てて市中の話題になる、これはいい宣伝になりますから、大いに結構です。ですが、これを続けられては困ります。遊平治師匠や気の毒な女子たちのような実入りの多い患者を、もう少し多くしてほしいと思ってお願いしたいのです。わたしはもちろん申し上げますが、沙織先生からも里永先生にお願いしていただけると助かります」

「わたくしは弟子にしていただいてから日も浅く、そのような大事なお話に関わることなどできません」

「それなら、先生はこのままが続いて、神薬を買い足すゆとりもなくなり、病と貧乏の両方を背負い込んでいる患者たちを、助けることができなくなってもよろしいんですか？」

沙織は返す言葉に詰まったが、松右衛門の言う通りに克生を説得する自信などこにもなかった。


「わたしに話があるようですね」

戻ってきた克生は、二人が向かい合っている様子をちらりと見て、松右衛門が土産に持参した栗大福の載った菓子盆と麦茶の入った湯呑みを各々の前に置いた。

「餡の中に栗を入れて餅でくるんだこいつは、いつ食べても美味いですね」

立て続けに二つ、ぺろりと平らげた克生は、

「あなたも遠慮なくいただくように」

沙織にも勧めた。

「そりゃあ、先生、そんじょそこらの大福とは違いますよ。栗好きの先生のためにと、わざわざ伊勢屋まで買いにやらせた菓子なんですから――」

にやっと笑った松右衛門は両手に栗大福を掴むと、

「舌の悪い出来物がまたできては困ると、煙草は止めて酒は嗜む程度にしました。そうしたら、甘い物に目がなくなって――」

あっという間に四個の栗大福を腹におさめた。

「甘い物が舌の出来物を誘い出すことはありませんが、ほどほどにしないと、若くないので、消渇（糖尿病）になりかねない。くれぐれも気をつけてください」

克生の小言は無視して、

「実はね、先生」

松右衛門は身を乗り出した。

四話　横浜居留地

一

「わたしは先生なら欠けた鼻を、何とかできるんじゃないかと睨んでるんです」

松右衛門は挑むような口調で言った。

「造鼻術ですね」

「お大名のね、お家の名は申し上げられませんが、たいした遊び好きの若様の欠けた鼻を元通りにしてほしいという頼みなんです。お父上の跡を継ぐことになれば、上様へもお目通りせねばならず、その折に頭巾姿はご無礼すぎるゆえ、誰に、どんな難癖をつけられるかわからないと、周りがヤキモキしているんですよ」

「遊び好きとなれば、鼻をなくした理由は梅毒でしょう」

「その通りです」

「造鼻術は遠く海の向こうからもたらされた手術で、戦いに負けて捕虜になり、鼻を削ぎ落とされた者らのために行われてきたと聞いています。梅毒の持病をお持ちの若君に施して上手くいくかどうか――」

克生は首を傾げた。

「とおっしゃるには、先生はそれがおできになるんですね」

松右衛門は膝を打った。

「たった一度ですが、手術をこの目にして学んだことはあります」

「だったら、神薬で神業を遣う先生のことだ、きっと立派にやり遂げてくださるでしょう。よかった。これで頼んできた大名家に顔が立ちます。何しろ、あちらは満天堂に頼みに行って、〝一応、療治定（治療別料金表）に記してはあるが、困難極まる手術とあって、やったことはまだない〟とすげなく断られたそうですからね」

「どうしても、それを引き受けろと？」

克生はため息をついた。

「内証《ないしょう》はまさに火の車です」

「ならば引き受けるしかありませんが、あなたに、こちらの頼みも一つ、聞いていただきたい」

「あの件ですか?」

松右衛門は渋い顔になって、

「居留地のアーネスト商会ときたら、こちらの足もとを見て、神薬の値をつり上げてきてるんですから、抜け目がありませんよ。今は、先生が買いたいとおっしゃってる器具のことなぞおくびにも出せません」

痔瘻、膣瘻等、瘻管のできる病に次いで多いのは、膀胱に石が溜まって激痛が走り、長期にわたって苦しみ悶えつつ死に至る、膀胱結石であった。麻酔をして、会陰から尿道にメスを入れて切開、結石を取り出す手術を、克生はよほど重症のものに限って行っていたが、軽症の患者には、煎じ薬で痛みを軽減させる治療に徹していた。これに限らず、そもそも手術というものには、常に、術後の発熱等による落命の危険がついてまわる。

「買っていただくのは諦めました。その代わり、居留地の友人のところへ行き、膀胱の結石を砕く器械をつぶさに観察し、正確な画にしてきます。それを元に職人に作らせてほしいのです」

「膀胱結石を砕く器械なんてあるのですか？」

思わず沙織は口を挟んだ。

「あります。刀のような形をしていて、操作は手前の束のような部分で行います。尿道に入れる尖端が二本の腕になっていて、探り当てた石を挟み込む仕組みです。これを使っての手術だと、痛みも少なく麻酔も必要ないのです」

「わかりました。必ずお作りいたします。麻酔が不要な手術は、神薬が節約できて何よりです」

思わず松右衛門の顔が綻《ほころ》びかけた。

「以前、器械を買ってほしいと申し上げた時も、そのように伝えたはずですよ」

克生の抗議の言葉を、

「先生の腕が神様並みなのは認めます。神様があざといというのは、聞いたことがありませんから、きっと無欲なのでしょう。商いは医術と同じではありません。モノの売り買いは、底知れず奇々怪々です。先生のような方には、はかりしれないものなのですよ」

松右衛門は苦笑いで躱《かわ》して、

「ところで、先生、満天堂でもすでにその器械を使っているのでしょうか？」

「満天堂の療治定には穿膀胱術とあります。これは尿の出なくなった患者の膀胱に穴を開けるやり方ですが、人によっては穴だけ開けられ、石が出ないまま、傷口が化膿して死に至ることもあるでしょう」

これを聞いた松右衛門は内心、小躍りして喜んだ。麻酔を用いず手術することもなしで、石を取り除ける手術とあれば、一件、三百疋（六万円）は堅いと踏んだからであった。

だが、決して、嬉々とした顔をしてはならないと自分に言い聞かせた松右衛門は、わざと唇の端を歪めてみせて、

「まあ、造鼻術をお願いするとあっては、いたしかたないですな」

勿体をつけて渋々頷いた。

「それではよろしくお願いします。沙織さんが通ってくれるので、安心して行くことができます。なに、四、五日のことですよ」

克生は患者たちを見廻るために立ち上がった。

聞いていた沙織はずいぶん長い横浜行きだと思った。江戸と居留地横浜間は日帰りこそできなかったが、三日もあれば、充分行き来できる距離だったからである。膀胱の結石を砕く器械の持ち主である、知り合いの異人と旧交を温めるつもりだろうと思いつつも、なぜか、どんな相手かと沙織は気になった。

沙織はこの日の前日、夜更けて、ずんぐりした姿の侍が克生の診療所を訪れたことを知らなかった。

「しばらくぶりであったな」

村田《むらた》蔵六《ぞうろく》改め大村益次郎《おおむらますじろう》が無邪気な笑い顔を向けて、

「ヘボン先生のところにいた時以来だから、もう、かれこれ、四、五年になる」

克生と大村は居留地の開業医師ジェームス・カーチス・ヘプバーン、通称ヘボン博士を通じて知り合っていた。ヘボン博士は安政五年（一八五八年）の日米修好通商条約締結後、来日し、居留地にて治療や異文化の教授を続けてきていた。克生は医術と英語を、大村も医者ではあったが、医術ではなく数学をこのヘボン博士より学んだ。

「忙しい身だろう」

大村が政治的な動きに身を投じていることは、当時から話を聞かされていた。克生も、神世が始まって以来の一大事に加わらないかと熱く誘われたが、

「俺は政《まつりごと》ではなく、医術でこつこつと人のためになる方が性に合っている。たとえ大きく人のためになろうと、大金が動き、魑魅魍魎《ちみもうりょう》が蠢《うごめ》いている政には関わり合いたくない」

この時、きっぱりと断った。

世の中は尊皇攘夷の嵐が吹き荒れているので、またしても誘いなのかと、構えた気持ちでいると、

「これから、ちょいと商談だ。上手くいくに決まっているがな」

あははと笑って、こともなげに言ってのけた大村は、

「今という時期でなければ、すぐにもヘボン先生のところへ飛んで行きたいところなんだが」

思い詰めた目をしている。

「先生に何か？」

克生は顔色を変えた。

二

宣教師でもあり、高潔な人柄のヘボンは、専門の眼の病だけではなく、さまざまな病への画期的な治療法を、惜しみなく教えてくれた大恩人であった。

「実はヘボン先生がたいそう心を痛めていらっしゃる」

大村は自分自身の心まで傷ついているかのような、悲しそうな顔になった。人の世話が苦にならない大村が案じているのは、天下国家だけではなかった。長崎にいた頃、見知ったシーボルトの美しい娘イネが、医術を志して、心ならずも師に身籠らされ、身二つになっても、心の傷が癒えないまま、志半ばで医術を断念しかけているいると人づてに聞くと、女医として身が立つように誠心誠意世話をした。国家も人も心底案じてやまないのが大村の性分であった。

「いったい何があったのだ？」

「フィルが死んだ」

大村は目を伏せた。ヘボンの片腕とも言うべきフィリップ・アダムス通称フィルは、ニューヨークからヘボンを慕って海を渡ってきた医師であった。

「流行病《はやりやまい》か？」

「病で死んだのなら、先生としても諦めがつくだろうが、山下町の家で飼っていた、チンパンジーとかいう賢い西洋猿に、銃で撃ち殺された」

「賢いといっても猿は猿。猿に銃が操れるとは思えない」

克生はいささかむっとした。

「わしだって、その猿が殺したとは思っていない。だが、部屋は閉め切られて鍵が掛かっていた。これも事実なのだ」

そこで大村の大きな丸い目はじっと克生を見つめた。

「おぬしならできるはずだ。殺した奴を捜し当てて、ヘボン先生を安心させてほしい。この通りだ」

大村は深々と頭を下げた。

「わかった」

こうなればもう、請け負うほかに道はなかった。

翌日、木挽町を後にした克生は品川までの約二里（約八キロメートル）を歩き、さらに六郷川（多摩川）を渡ると、日本橋から四里半（約十八キロメートル）の川崎宿に着き、万年屋に宿を取った。

名物奈良茶飯をはじめとする夕餉の膳を運んできた年増《としま》の女中が出て行くと、克生は窓の横木にもたれて、明るい時は木々の中に人家がぽつぽつと見え隠れしているものの、今は灯り一つ見えない、漆黒の闇と化している川崎宿郊外へと目を馳せた。

あの頃は、ここから見渡すと、きっとちらほらと灯りが見えたことだろうと思うと胸が詰まった。今、そこが闇でしかないのは、ある夏の夜遅くから翌早朝にかけて、何の前触れもなく、五十人もの人たちにコロリ（コレラ）の大発生が起き、このコロリ禍は隣村へと広がり、十日もせずに三村合わせて百人が死に絶えてしまったからであった。コロリは発熱はしないものの、米のとぎ汁のような下痢が一日に二十～三十回続き、急速に脱水状態が進んで死に至る、恐ろしい流行病であった。

克生が師と仰いでいる人物はヘボン一人ではない。克生は川崎宿郊外のせせらぎ村と、二里半（約十キロメートル）ほど離れた居留地とを行き来して、居留地でへボンの西洋医術に触れる一方、村人の信望が厚い松山桂庵《まつやまけいあん》の許で、形に囚《とら》われない治療法を学んでいたのである。

医術の主流である閉鎖的な漢方医たちの多くは、古方《こほう》だ、何だと、とかく流派や匙加減、秘伝の薬の調合等に拘りつつ、然《しか》るべき人脈を通さなければ、弟子入りを許さなかったが、漢方の真髄である薬草学の極意を極めながら、一介の村医者であり続けた桂庵は、学ぶ志のある者なら誰でも受け入れていた。広量な桂庵でなければ、克生がヘボンの許へ通うことも許しはしなかったであろう。

修業中の克生は桂庵の一人娘美和に惹かれた。美和は父桂庵を助けて、毎日広大な薬草園の世話に明け暮れていた。暑さに弱いチョウセンニンジンのために、畝《うね》の四方に杭を立て、これに横木を渡し、萱《かや》を載せて、少しも手を止めず、必死に日除《ひよ》けを作っている姿に、

「美和さんは働いてばかりで、嫌気がさすことはないのですか?」

思わず漏らした克生に、

「鹿茸《ろくじょう》(マンジョウジカの幼角)のような特別な薬は別ですが、薬草と名がついて、気候の合うものは、この手で育てて自給していきたいと思っています。それに、

ここで働いているのはわたくしだけではありません」

微笑みつつ美和はきっぱりと言い切った。

その面差しは気高く、そして、無限に優しく、あたかも降り注ぐ太陽が、分身の天女をこの世に遣わしたかのようだった。この時、克生が感じた、かつてない異性への畏怖と畏敬の想いは、やがて、美和を見つめる切ない目に変わった。生身の美和が、うら若い美女だったからである。克生は、笑うと白い頬に刻まれるえくぼを、誰にも見せたくないとまで思い詰めた。

克生とて男である。己の性のなせるままに、今まで、幾多の女たちと交わってきていたが、この時ほど、そんな来し方を恥じたことはなかった。ひたむきに桂庵の仁術を支えている美和の魂は、およそ、汚《けが》れを知らず、身体もまた無垢な魂と同一に思われたからだった。

それゆえ、克生は美和に熱い胸の裡《うち》を明かすことができなかった。これは酷すぎる苦行であった。耐えかねた克生は、桂庵の許ではなくヘボンの許で過ごすことが多くなった。そんな日々の中、川崎宿の三村がコロリで全滅したと聞き及び、駆け戻ってきてみると、村外れには、何人もの骸を一穴に葬った大きな塚があり、克生がなつかしく思い出していた桂庵の薬草園には、身の丈を超す雑草が生い茂っていた。この時、克生は手当たり次第に草を薙《な》ぎ倒して、おおお、ああ、ううと断腸の叫びを上げ続けた。

白い花が咲いていていた。

チョウセンアサガオの花であった。

これには猛毒があり、過分に口にすれば死に至る。

〝美和のいないこの世に何の未練があるのか？〟

摘み取って口に含もうとした時、

「この花は猛毒ですが、痛みをよく癒すよい薬にもなります」

美和のさわやかな笑顔が思い出された。それでも克生は、恩師と愛する女が死んでしまったとは実感できず、無人となっている桂庵の治療所で、一人、雨音を聞きながら幾晩かを過ごした。しばらくの時の流れが克生に平静を取り戻させた。

〝愛《いと》しい女《ひと》は何の別れも告げずに逝ってしまった。せめて、一人ではなく、父上の桂庵先生と一緒でよかった——〟。克生は桂庵が文机の上に残した治療日記を見つけ、そっと懐にしまい、断腸の思いでせせらぎ村を離れた。しかし、悲しみと怒りが怒濤《どとう》のように胸で荒れ狂い、常軌を逸するかもしれないと懸念し、その治療日記は未だ開かずにいる。

近隣で起きたコロリ禍についてヘボンは、ややたどたどしい日本語で、
「助かる者も稀《まれ》にはいるが、多くは命を落とすこの種の病は、本国でも人力の及ばぬ嵐と同じです。それゆえ、助けられる命のために、自分の医術を精一杯使いたいのです」

悲しげではあったが強い口調で言った。

この時、克生は一つの決意をした。簡単に人の命を奪う、竜巻のようなコロリへの憎しみを、自分の得意なメスに託し、救える限りの命を救おうと――。

これは仏罰ではないかと克生は思った。

若さに任せて、女をもとめ、酒をもとめ、剣に慢心していた自分が、この世で最も愛しい相手を奪うというやり方で、手酷く罰せられたような気がしたのだ。

以来、克生は剣を捨て、酒を慎んで医療だけに邁進してきた。

そして今の克生がある。

翌朝、克生は居留地のある横浜村へと向かった。途中、神奈川宿にあるさくら茶

屋に立ち寄ったのは、休むためではなかったが、茶屋の主と思われる老婆が駆け寄ってきた。

「その後、目に変わりはないようですね」

克生は微笑んだ。

長く白内障を患っていた老婆は、克生から手術を受けていたのであった。

三

茶屋を後にした克生は坂道を上り、海が一望できる場所に行き着いた。美和と一緒にこの場所を訪れたのが、つい、昨日のことのように思い出されて、なつかしさと共に胸が締めつけられる。

「こうしてのどかな海を見ていると、どんな病でも海が癒してくれそうな気がして、心が弾みます。いずれ、この海の彼方から、里永先生が通われている居留地のヘボン先生のような方々が、沢山おいでになって、さまざまな進んだ薬や治療法をもたらしてくださり、一人でも多く、病に苦しんでいる人たちを救ってくれるのだと

――」

春の海を見渡して美和は言っていた。

居留地に住む異人の医者が敬遠されていたのは表向きのことで、手術というもので、たちどころに病を治すと評判がたつと、かかりつけの漢方医や隣近所に秘して、居留地へ足を運ぶ者が多くなってきていた頃であった。

「人任せはよくありません。自分の国の民の命は自分で守らないと。あなたはもっと、お父上の施療に誇りを持たなければなりません」

この時、克生が心ならずも美和を叱りつけたのは、古今東西の薬の生き字引である桂庵の漢方医療には、手術では治すことのできない奥義《おうぎ》があると直感していたからであった。

「わたくし、つい余計なことを言いました。申しわけございません」

強かった風のせいもあったが、美和はやや青ざめて目をしばたたかせ、

「でも、ありがとうございます。里永先生が一介の村医者にすぎない父を、それほどまでにおっしゃってくださって。わたくし、うれしくてなりません」

今にして思えば、あんな強い言葉を吐く必要はなかったと、克生は悔やまれてな

らなかった。克生が美和と連れだってここを訪れたのは、茶屋の老婆の目を手術した帰り道のことで、桂庵の治療所の外で二人になったのは、それが最初で最後となった。もっとも克生は、あの時言った自分の言葉が間違っているとは思っていなかった。とかく西洋の医術は手術に頼りすぎていて、それが何かはまだわからないが、大きなものを見落としているような気がしてならなかった。

丘を下った克生は、神奈川湊《みなと》の対岸、横浜港のある居留地へと急いだ。この居留地は後に金港と呼ばれた横浜開港後、幕府が横浜村の住民を他所へ移して造った町である。幕府が設置した運上所《うんじょうしょ》（税関）を境に、横浜村の以南が居留地であった。ヘボンは、漁師の眼病を治癒させたのがきっかけで、人々に名医として受け入れられて以来、神奈川宿にある成仏寺等での診療を経て、今は居留地で診療をしている。

三角形の屋根を見上げた克生は、診療の行われている別棟の玄関を入った。待合室は患者たちで溢《あふ》れている。診療室の扉を開けると、ヘボンは白内障の手術の真っ最中であった。麻酔で眠らされて治療台に横たわっている患者の老爺は、角膜の外側の結膜が切開され、水晶体が取り出されたところであった。ヘボンの治療は無料であり、患者たちはこの後用いなければならない、度の強い眼鏡ももとめることができた。

「これで、目の濁りが取れて見えるようになります。家に帰ることはできますが、明日、わたしに診せに来るまで、くれぐれも眼帯は取らないように。しばらくしたら目を覚ますでしょうが、ゆっくり休んでいってください」

ヘボンの日本語はぎこちなかったが、その口調は親切で慈悲深かった。

「ありがとうございます」

付き添いの若い嫁が代わりに礼を言った。

克生はヘボンを手伝って、この老爺をベッドのある部屋へと連れて行った。

「久しぶりですね、カツゥ（克生）」

ヘボンは口元を緩ませて、

「カツゥの流儀に従い始めてから、トラコーマによる瘢痕性眼瞼内反《はんこんせいがんけんないはん》と白内障の手術は、別の日にしているのです。ところが、今日は目を患う患者たちばかりで、トラコーマの患者たちに明日にしてくれと言っても、罹《かか》っている患者たちの多くは働き手で、そんなに休んではいられない、今日のうちにどうにかしてくれと、言い通して帰ろうとせず、どうしたものかと困っていたところでした。ちょうどよい時に来てくれましたね。これもきっと神の思し召しでしょう」

トラコーマは角膜潰瘍を経て重症化すると失明する恐れがある。

「わかりました。トラコーマの手術はわたしがさせていただきます」

袴《はかま》姿だった克生は常に持っている診療着を羽織ると、ヘボンから借りた目の手術用の小さなメスを手にした。そして、日の暮れるまでに十人以上の手術をこなした。

手術しなければならないトラコーマは、上または下の眼瞼《がんけん》が肥厚し、角膜を刺激する逆さ睫毛《まつげ》になっている。手術は分厚くなった眼瞼の睫毛の生え際にそっとメスを入れ、角膜に触れている睫毛を一本、一本丁寧に立ち上がらせつつ縫い付けていく。

「助かりました、ありがとう」

一足先に診療を終えたヘボンは克生を、妻クララが夕食を調えて待っている母屋の居間へと誘った。

途中ヘボンは、

「カツゥの言った通り、トラコーマの手術をした手で、白内障の手術をしないようにしたら、白内障の患者がトラコーマを患うことがほとんどなくなりました。これは凄いことです」

「お役に立ててよかったです」

「あの時、カツゥが我々に気づかせてくれました」

ヘボンの言葉は克生に、この地での難産手術を思い出させた。居留地の外国人医師たちのすべてがヘボンのようであるわけもなく、米国有数の商社キング家の跡取りに嫁した若い妻ジュリアに、臨月が近づいて、骨盤に大きな問題があるとわかると、分娩から逃げ出そうとしたルーク・ハミルトンという医者もいた。腹部を切開して赤子を出す手術が必要なことは一目瞭然であり、悪くすると、赤子だけではなく、母親の命まで失いかねない。そうなっては、夫アーサー・キングの恨みを買うだけではなく、同国人の患者たちの不評を買いかねないと算盤《そろばん》を弾《はじ》いたのである。何事も決して拒まぬヘボンを頼ってきたルークは、自分の診療所にヘボンを招こうとした。ルークの父親は長くキング家の執事を務めている。医科大学で学ぶことができたのも、キング家の援助によるものであった。ルークはキング家の厚情に謝しつつも、予期される厄介な結末を回避するという巧みな戦術に出たのである。的確にして迅速な手技がもとめられるこの手術を行って、万に一つ、成功させることのできる者は、克生をおいてほかにいないとヘボンは判断した。ヘボンを敬愛してやまない、日本流に言えば一番弟子のフィリップ・アダムスも同感の意を示した。それほど難しい手術であった。

執刀することになった克生は条件を出した。それはキング家の屋敷の一室で手術を行い、ルークの立ち会いを禁じるというもので、キング夫婦は当惑しつつも諒解したが、激怒したルークは、自分を馬鹿にしているだけでなく、無謀すぎるとヘボンに怒鳴り込んできて撤回をもとめた。だが、克生は断固として退《ひ》かず、結局、これが母子の命を救う要《かなめ》となった。

四

居留地横浜で武者修行中のニューヨーク商会の次期社長、アーサー・キングの身籠った妻は、煮沸して乾かし熱いアイロンをかけた敷布や枕覆い、掛布は言うに及ばず、窓覆い（カーテン）や絨毯《じゅうたん》までも新しいものに取り替えさせた屋敷の一室で、克生の執刀によって無事、跡継ぎの男子を出産した。

「わたしはこれで母子の命は救えたと思い、神に感謝の祈りを捧げたのですが、神はさらなる試練をお与えになった」

居間に入ったヘボンは、ソファーで克生と向かい合って腰かけると先を続けた。厨房から妻のクララが作る西洋料理の匂いが流れてきている。

キングの妻ジュリアの出産の日は、ハミルトン診療所に入所していた臨月の異人の妻たちが、一人また一人と三人も立て続けに分娩に至った。もとより難産とは無縁な出産であったにもかかわらず、数日して、高熱を発した三人全員が新生児を残して死亡した。一方、ジュリアは術後、何日か発熱はしたものの、腹部の傷が癒える二十日が過ぎた頃には、我が子を抱き上げるほどに恢復した。

その後、深謝したアーサー・キングは、妻子と共に居留地を後にする際、克生にと多額のドルをヘボンに託した。克生は、その金の半分をヘボンの無料診療所のために寄付し、残りを買えるだけの薬の代価に当てた。

以前から、元気そのものだった妊婦が産褥熱《さんじょく》で死ぬのは、好ましくない環境にあるのではないかと克生は疑っていた。それというのも美和の父桂庵が村医者をしていたせせらぎ村では、褥婦が命を落とした例を耳にしなかったからである。桂庵は

お産の時に限らず絶えず手洗いに気を配り、厨の竈では常に大鍋の湯が煮たってい
て、美和は器具の煮沸に余念がなかった。膿を出すのに用いる手術刀などは、煮沸するだけではなく、使用する際、焼酎の瓶に刃先を浸していた――。

江戸市中でも産後の落命は少なくなかったが、診療所という限られた場所で、ルークの手によって同日分娩させられた褥婦たち全員が死亡するのは、尋常ではなかった。その理由は、ルークのシャツに結ばれた蝶ネクタイが映える、血の染みさえ隠す漆黒の洒落《しやれ》た診療着兼手術着と、器用で達者に動きはするものの、頻繁には洗われることのない汚れた手にあると、克生はとうとう確信したのである。

ヘボンは、トラコーマを診た日に、別の患者に白内障の手術を施すと、なぜか、一月も経たないうちに、トラコーマによる逆さ睫毛の手術を施さなければならない矛盾に悩んでいた。

「高熱が出たり、爛《ただ》れて膿を持つ病の多くが、同じ日に診た患者にも発症する理由の一つは、医師の手や器具の清め方が足りないからだと思います」

克生は言い切った。

もとより、クララが日々洗濯するヘボンの診療着は清潔ではあったが、気をつけ

ているつもりでも、ついうっかり、手を洗い忘れることはありがちで、以来、なるべく、白内障とトラコーマによる逆さ睫毛の手術を、同日には行わないことにしていたのであった。克生の提案で器具の煮沸も徹底している。

克生は多くの死をもたらす疫病を天災に譬《たと》えて、それゆえ、助けられる命のためには、全力を尽くすというヘボンの医師としての姿に常から深い感銘を受けていた。とはいえ、美和を疫病で失ってみると、ヘボンが、生きる拠《よ》り所としている神の存在を、同じように信じることはできなかった。それでも神がいるのだとしたら、あまりに残酷にすぎると恨みを抱き、そうなると、ヘボンの近くにいることさえ苦痛になった。

克生は、以前住んでいた木挽町の家がそのままになっていることを知ると、薬等の船荷を木挽町へ運ぶよう手配をすませて、居留地を後にした。それから二年、大村益次郎の伝手で、是非にと思い定めていた手術の見学に各地を歩いた。医術で一人でも多くの病める人たちを救うのだという、医者としての覚悟を実践しようとしたのである。また、それしか、美和を失った悲しみを忘れる術《すべ》はなかった。

克生が自分の許から去ると知ったヘボンは、

「理由はわからないがカツゥの心の悲しみは、わたしにも伝わってきます。このまここにいては癒えない傷ではないかとも思う。好きにしなさい。大丈夫、わたしにはフィルがいてくれるのですから」

常に人手不足だというのに、決して引き止めようとはしなかった。この時ふと克生は、ヘボンの神とは、人への深い思いやりと、たとえ弟子の言い分であっても、受け入れて我が身の襟《えり》を正す謙虚な姿勢なのだと感じた。フィルもそれがわかっていて、ヘボンを支え続けているのだろうと——。

だが、そのフィルが殺されてしまった——。片腕だったフィルが生きていて、診療を手伝っていたら、ヘボンも白内障とトラコーマの手術の一件で、心を煩わせることもなかったはずだった。勉強家のフィルは診立てが確かで、手術の腕も悪くはなかった。

「ディナーへどうぞ」

厨房にいたクララが居間に入ってきて、にっこりと笑った。

「カツゥ、わたしたちを思い出してくれてありがとう」

大柄でふくよかな初老のクララは、微笑むと大きなえくぼができて、少女のように可愛らしく、そんな妻を見守るヘボンの目は愛しさで溢れている。

案内された克生は食堂で、糊のきいた白い布に覆われた丸い机についた。トウモロコシを挽《ひ》いた粉で焼き上げたコーンブレッド、赤、緑、白と色とりどりの豆のスープ、厚切りのハムステーキが饗された。

「なつかしい味です」

克生はヘボンに師事している間に西洋人の肉食を覚えた。

ヘボンが大きく頷いたところで、クララはドーナツと珈琲《コーヒー》というデザートを出してくれた。

「わたしは何種類ものドーナツを作ることができて、お菓子作りが好きだった、キング家のジュリアを思い出しました」

クララが呟くと、

「わたしもです。何度も招いていただき、今まで一度も口にしたことのなかったチョコレートなるものを食べた時は、美味さよりも、驚きが先でした」

克生は相づちを打った。

「ところで」

克生は切りだした。

「フィルのことを大村様に聞いてきました」

「あれほど不幸な出来事はありません」

ヘボンの顔が曇った。

「フィルがなぜ、チンパンジーに殺されなければならなかったのか、こちらで先生の診療を手伝いながら、わたしが真相を突き止めます」

「それなら、一切、診療の手伝いはしなくていい」

ヘボンは強い目で言い切って、

「わたしは一刻も早く、真相を知りたい。神がフィルを選んで、あのような無慈悲なことをなさるとは、どうしても思えないのです」

五

この後、ヘボンは克生の近況を訊ねた。克生は、歯抜きから始めた麻酔が何とか、江戸の人たちから恐れられなくなってきた経緯《いきさつ》を話した。その後、ここを訪れた理由のもう一つは、麻酔もかけずに無痛で膀胱に溜まった石を取り除くことのできる、二本腕の結石摩滅器を見せてもらうことだと告げると、早速、ヘボンは診療所に器具を取りに行ってくれた。

「作ってもらう職人にわかるよう、画に描きたいので、今夜だけお借りします」

「もう一つあれば進呈したいのは山々なのだが」

結石摩滅器の話はそれでしまいになり、

「それでその西洋猿はどうなったのですか？」

克生は気になってならない話を知りたがった。

「うちにいます。もともとはルークが新薬の効き目を試すために、本国から連れてきた雄のチンパンジーで、毒性が出て死にかけ、用済みとばかりに捨てられそうになったのを、フィルが貰い受けたのです。名はクレバー。あんなことがあったので、ルークはすぐにでもクレバーを毒死させたがったのですが、檻《おり》に入れて飼うという条件でわたしたちが引き取ったのです」

居合わせているクララが答えた。

「是非、その西洋猿に会わせてください」

「こちらへ」

　ヘボンが立ち上がり、器具を手にしたままの克生が続き、クララも従った。

　そのチンパンジーは、家事室の片隅に置かれた鉄製の檻の中で窮屈そうに身体を屈めている。左足に副木《そえぎ》を当てているのは、拳銃を手にしていた時、骨折していたからだとヘボンは説明した。

「人のような姿ですね」

　西洋猿のシャツとズボン姿に克生は目を丸くした。クレバーは克生と目が合うと、見知らぬ顔のせいなのか、怯えた様子で歯を剝き出してキキィーと唸った。

「たいそう暖かい南の土地で育ったと聞いたので、ここの寒さは堪えるだろうと案じたフィルに頼まれて縫ったのです。でも、これ一着だけなので、そのうち、着替えを作ってやるつもりですが、このままではクレバーが可哀想で――」

　クララはクレバーの檻を見て、ため息をついた。

「シンディ（シンシアの愛称）はどうしています？」

　シンシア・アダムスはフィルの妻で克生とも面識があった。抜けるような白い肌に金髪と青い眼が際立つ、十七、八歳の美少女だった。早くに両親を亡くし、居留地にいる遠縁を頼って来日、しばらく男所帯でメイドをしていて、二十歳以上年齢が離れている、独り者だったフィルに見初《みそ》められて妻となった。

　どうして、シンディはクレバーの着るものを作ってやらなかったのだろうかと、克生は不思議だった。

「シンディはクレバーを好きではなかったようね。フィルの身にあんなことが起きた時、亡骸に泣いて取りすがりながら、〝このチンパンジーを一目見た時から不吉なものを感じていた。こんなことが、いつか起こるような気がしてた〟と、言ってましたから」

「ならばシンディは、クレバーがフィルを殺すところをその目で見たのですか？」

「いや。だが、〝扉を叩いても応えがないので、シンディが鍵の掛かっていた扉を合い鍵を使って開けると、頭を撃たれたフィルが床に倒れていて、クレバーが拳銃を手にしていた〟と聞いている」

　これにはヘボンが答えた。

「しかし、鍵が掛かっていたのなら、シンディはその目でクレバーが拳銃を使うのを、見たわけではないでしょう？」

「その時は見なかったが、後でルークがクレバーに空砲の拳銃を撃たせた」

「酷い試し方よ」

クララはルークへの憤懣を表情に出して、

「だって、あの男ときたら、震えているクレバーを椅子に座らせて向かい合うと、弾を抜いた銃を持たせ、クレバーの大嫌いな注射器を見せたり、ナイフで切りつけようとしたりして、さんざん脅した挙げ句、撃たせたのですもの——」

「しかし、あれで、チンパンジーも銃の引き金が引けるのだとはっきりとわかった。そもそも、チンパンジーは並みいる猿の中でも、最も人に近い能力を備えているのだ」

ヘボンは自分たちに慣れているクレバーが、鉄の檻の柵を両手で摑んで、どうしてここから出してくれないのかと、じっと悲しげな眼差しで訴えている様子から目を背けた。

翌朝、焼きたてのパンの香ばしい匂いで目を覚ました克生は、

「シンディに会いに行ってきます」

早速、フィルの家へと向かった。

玄関の呼び鈴が鳴ったのを聞いて出てきたシンディは、寝間着の上に何やら羽織っているものの、今、起きたばかりのようだった。乱れてはいても、肩までの金髪には甘やかな風情があり、やや不機嫌に青ざめているとはいえ、その顔は充分美しかった。

「まあ、カツゥ」

シンディは戸惑った目を向けた。

克生がフィルへの悔やみの言葉を口にすると、

「フィルのお墓は山手です」

硬い表情で扉を閉めようとした。

克生は咄嗟に扉の取っ手を握って、

「墓は後で参るとして、フィルの部屋で手を合わせたいのです」

すでに身体半分を家の中に滑り込ませていた。

「どうぞ」

諦めたシンディは廊下を歩いて、克生をフィルの書斎へと案内した。途中、扉が開いたままの客間が見えた。

シャンパングラスが二個、テーブルの上に置かれている。克生は、玄関先でシンディの髪から漂ってきた匂いが何であるか気づいた。

「シャンパンがお好きなのですね」

「わたしを案じて、昨夜《ゆうべ》は遅くまで女友達がおしゃべりにつきあってくれていたのです」

シンディは客間の扉を閉めると、フィルの部屋の鍵を渡し、

「お茶を用意しますので、後でどうぞ」

そう言うと、台所へ行ってしまった。

克生は一階の突き当たりにあるフィルの部屋の前に立った。

しばしば克生はこの部屋にフィルを訪ねた。ヘボンは無料診療にばかりつきあわせていては、フィルが生計を立てられないとわかっていて、夜間や祝日に限って、家での診療を勧めていたのである。フィルのところに患者が押しかけすぎて手が足りない時には、せせらぎ村とこの地を行き来していた克生が、ヘボン宅に泊まって手伝った。フィルは生真面目でありながらも、患者に好かれる陽気な気性の持ち主

で、克生はこの部屋に鍵が掛かっているのを見たことがなかった。

六

克生は未亡人のシンディから渡された鍵に目を落とした。縁に黒ずんだ染みが見える。血ではないかと思われる。

その鍵を使って中に入った。

ヘボン同様、すぐに克生の衛生観念を受け入れて実践したフィルだったが、医療に関わる汚れには敏感でも、自身の身の回りには常に無頓着で、若い妻は年齢の離れた夫への遠慮ゆえなのか、片付けや掃除のためにここへ入っている気配はなかったのである。克生はシンディがフィルの部屋にいるのを見たことがなかった。

ここは独り身が長かった男が妻を娶《めと》ってもなお、残していた牙城《がじよう》だったのだと思いながら、克生は椅子に座ると、注意深く部屋の中の観察を始めた。くっきりと血の染みが見える机の引き出しを開けると、中の煙管や手巾、万年筆、眼鏡等の男の小物にも血が染みていた。撃たれた時、この開いていた引き出しに、フィルの脳漿《のうしよう》が飛び散ったものと思われる。

立ち上がって窓の桟にまで目を凝らしてはみたものの、手掛かりは見当たらない。克生はふと思いついて、椅子の背当てを動かし、背もたれに沿って片手を差し入れた。

すると手応えがあった。小さな石のような感触である。握りしめた片手を開いてみると、小指の先の四分の一ほどの尖った石で、それが患者を苦しめる膀胱結石の欠片であることが克生にはすぐわかった。

これに励まされて今度は本棚に挑んだ。ぎっしりと詰め込まれている本を一冊、一冊取り除けていく。

「お茶が冷めてしまいますよ」

扉の向こうからシンディが声を掛けてきた。

「フィルは大枚をはたいて、結石摩滅器を取り寄せていたようですね。どこにあるのですか」

克生の問いに、扉の向こうがしんと静まり返った。

「お願いです。できれば、形見にいただいて帰って、わたしの診療に活かしたいのです」

「わたしは主人の診療のことは何も知らないのです」

応えたシンディの声は震えていた。

この後、克生は本と本の間から小さく千切れた赤い布切れを見つけると、これだと確信し、懐紙で包むと、胸元に滑り込ませた。そして、

「お邪魔しました」

部屋から出ると、鍵をシンディに返し、フィルの家を辞した。

ヘボンの所に戻ると、まずは、フィルが結石摩滅器を購入していないことを確かめた。

「激痛を訴えて飛び込んでくる患者たちのために、揃えたくてならないが、とにかく高いものなので、まだ買えないとぼやいていました」

そう話してくれたヘボンの目の前で、克生は握っていた掌を開き、フィルの部屋で見つけた結石の欠片を見せた。

「フィルは、誰かに結石摩滅器を借りていたのではないかと思います」

「欠けていますね」

ヘボンは医者の目で欠片を見ていた。

「二本腕の先で、しっかりと結石を挟み込んで引き出せば、欠けたりはしないものです」

「引き出した後、石ともども、そのまま、器具をぽいと袋にでもしまい込んでおいたら、何かの弾みで、袋の中で石が割れてもおかしくはありません」

「フィルに限って、そんないい加減に器具を扱うはずはないのです」

「確かめたいことがあります。どうか、奥様と立ち会ってください」

克生は昨夜、すでに描き写し、返すために手にしていた結石摩滅器をヘボンに渡すと、クレバーの檻がある家事室に入った。

「その器具を持ったまま、クレバーに近づいてみてください」

ヘボンが克生に言われた通りにすると、クレバーの目が赤く怒気を含んで、上唇がまくれあがり、キキキィーと唸り声を上げた。

「クレバー、どうしたのだ？　わたしだよ。やはり、そこに閉じ込めたのを怒っているのか――」

遅れてエプロン姿のクララが入ってきた。

入れ替わるように克生は一旦廊下に出ると、檻の前にいるクララを家事室の外に呼んだ。

「これをクレバーに見せてください」

懐紙に挟んであった、フィルの部屋で見つけた赤い布切れを渡した。

「フィルの仇を取るためですね」

クララは見事にその役目を果たした。

ますます凶暴になったクレバーは、キキキィー、キキキィーと唸り続けつつ、何としても檻の中から出てクララに飛び掛かろうと、やみくもに檻の柵の鉄棒を齧《かじ》っている。

「どうしたことだ？」

ヘボンは青ざめたが、

「クレバー、おまえが憎いのはこの赤い布切れなのね」

クララは説明をもとめる目を克生に向けた。

「クレバーが足を折ったのは、主を殺そうとした相手の首っ玉に飛びついて嚙み付き、撥ね除けられたからでしょう。この時、クレバーと一緒に跳ね飛んで、本と本の間に紛れ込んだ赤い布切れは、相手の着ていたものの一部に違いありません。嚙み付いてきたクレバーを、即座に撃ち殺さなかったのは、主殺しに仕立てたかったからです。それでクレバーに銃を持たせたのです。この時のことを覚えているクレバーは、殺人者の赤い布切れに怯えつつ、やむなく闘うしかないと、このように取り乱しているのです」

「可哀想に」

クララは家事室を出ると、赤い布切れを別室の机の上に置いて戻ってきた。

「クレバーが敵視しているのは、赤い布切れだけではないようですね」

ヘボンは結石摩滅器を克生に渡した。するとクレバーは克生に向かって、また唸った。

「昨日、今のように唸られた時、顔見知りでないせいだろうと思ったわたしは、間違っていたようです。ところで先生、わたしの覚えている限りでは、結石摩滅器を備えているのは、ここことハミルトン診療所だけです。しかも、ルークの診療着には常に赤い飾りがついていました。フィルは欲しくてならなかった結石摩滅器を、貸してやると言われて、自分の部屋に招き入れて殺されてしまったのです。椅子の背当てと背もたれの間に落ちていた膀胱結石の欠片が何よりの証です」

「ルークが毒死させようとしたクレバーを、フィルが貰い受けたからなのか？　あいつが、いったい何の目的でフィルを殺したのかわからない」

ヘボンは眉を寄せ、クララは首を傾げた。

次に克生は鍵に付いた血について、

「鍵を掛けることなどなかったフィルの部屋に、合い鍵などは必要なく、フィルが撃たれた時、飛び散った血がこびりついたものではないかと思います」

と話し、この鍵を持っていたシンディが、二個のシャンパングラスで客をもてなしていた事実を言い添えた。

「遅いが領事館まで出かけてくる」

無表情でヘボンは帽子を手に取った。

五話　命煌めく

一

ヘボン博士門下の医者フィル殺しの真相を暴いた克生は、殺《あや》めたルークと、手を貸したフィルの妻シンディの処分を見極めた。

一度に三人もの褥婦を死なせたせいで、患者が寄り付かなくなっていたルークが、かねてより、不倫関係にあったシンディから、清貧の夫フィルが、思いがけず、遠縁の叔父からの遺産を受け継ぐことになったと聞かされて、思いついた悪事だった。

派手な暮らしに憧れていたシンディは、ヘボンに心酔しているフィルが、無料診療を支えるためにこの莫大な遺産を投じることを、何より恐れたのである。

二人は領事館に捕縛され、本国へ送り返されて裁きを受けることに決まった。

檻から出されたクレバーは克生に纏《まと》わりついた。

「賢いクレバーには、自分を助けてくれた人がわかるのですよ」

クララは目を細めた。

クレバーを振り切るようにして、克生が居留地を発《た》ち、神奈川宿の茶屋近くまで来た時、キキキキキという呼びかけるような囀きがした。すぐ目の前の松の木の枝にシャツを着、ズボンをはいた黒いものがぶらさがっている。

「木から木へ飛んで先回りしたのだな」

克生とクレバーの目が合った。

クレバーは憐れみを乞うかのような神妙な顔で克生をじっと見つめている。ほどなく、克生の苦りきった表情に笑みが混じった。このクレバーの飼い主で、今はもうこの世にいない、フィルの人なつこい笑顔が思い出されたのである。フィルが命を助け、可愛がっていたというこの西洋猿は、彼の忘れ形見に違いないと思い、

「わたしに付いてくるというのか」

克生が声を掛けると、クレバーはキキキキキと声を上げ、短く黒い毛が生えて人

に似た長頭を、うんうんと何度も頷かせた。

「わかった。一緒に行こう」

松の木からするすると下りたクレバーは、すぐに克生の肩に飛び乗った。

克生はクレバーを連れて江戸へ帰ることとなり、木挽町へと帰り着いた。


「お帰りなさいませ」

奥から廊下を走って出迎えた沙織が、

「まあ、異人の着物を着た猿——。でも可愛いわ」

思わず微笑むと、クレバーは克生から、さっと沙織の肩へと移った。キキキキキ、甘えるような可愛らしい声である。

「どうやら、おまえも女子が好きなようだ。それに何より世渡り上手だ」

克生が声をたてて笑うと、

「笑い事ではありません」

江戸随一の両替屋の主である松右衛門が、これ以上はないと思われる渋い顔で立っていた。睨みつけられていると わかって怯えたクレバーは、きょろきょろと宙に目を泳がせて、ひしと沙織にしがみついた。

「お帰りは昨日のはずでした。妙な様子の猿とお遊びになっていたとは――」

治療処でべーと舌を出して、変わりがないことを診てもらった後も、松右衛門は不機嫌なままだった。

克生は胸元から折り畳んだ紙を出して、結石摩滅器の構造を記した画を広げてみせた。

「ああ、そうでしたね」

松右衛門は取りあえずは相づちを打って、しばし画に見入ると、

「ここまで細かに描いてあれば、金物職人にも作ることができるでしょう。わかりました。すぐに手配をいたします」

画の描かれた紙を片袖に落とすと、

「これと引き替えにする、こちらがお頼みした治療をお忘れになっては困ります」

やや声を低めた。

「高貴な方の造鼻術でしたね」

「その方はすでに国許から江戸屋敷に入っておられます。それゆえ、あちらからまだかまだかと、矢のような催促なのです。早く、往診の日取りを決めていただきたいものです」

「わたしが戻ってきたからには、明日にでも入所してください」

「入所？　ここにですか？」

「造鼻術は仏の生まれた地でかなり古くから行われてきたものですが、時も相当長くかかる上に、もうじき師走《しわす》です。本当は冬場ではなく、春から夏場に手術した方がよいのです」

「といっても、お世継ぎになるための手術ですから、重い病の床にあるお殿様はいつ、逝ってしまわれるかわかりません。何といっても、大名家の世継ぎを決めるのは、お殿様の一言なのですから。先生、何とか、急ぐことはできませんか？」

「造鼻術は手術の繰り返しで、皮膚に付けた傷の治癒にはそれなりの時がかかりますので、急ぐことはできません。むしろ、この寒さの中、せっかく造った鼻の血の巡りが悪くなって、腐って落ちてしまい、元の木阿弥になってしまうのが心配です。そのためには、贅沢な話ですが、火鉢に火を片時も絶やさず、患者は厚い布団にくるまって、とにかく、暖を取り続けなければなりません」

「ここまで来て、鼻が落ちるようなことになったら、あたしは闇討ちにでも遭って――」

松右衛門は目を剝き、背中から斬りつけられた仕種で畳に倒れかけると、

「この診療所だって無事ではすみませんよ。冬は火の始末が心配な時季ですからね」

わざとぶるっと上半身を震わせてみせた。

「手術に絶対はありません。人事を尽くして天命を待つだけです」

「先生」

沙織が襖を開けた。

「留吉という小僧さんが、行き倒れの女の人を連れてきました。倉本様もご一緒です」

「すぐにここへ」

克生は留吉と和之進に交互に背負われてきたという、四十路近くの大年増を治療処へと招き入れ、治療台の上に横たえさせた。

「行き倒れですか」

松右衛門は露骨に嫌な顔をしたが、

「さあ、診立てを」

克生は全く意に介さず、素知らぬ様子で沙織に患者を診させた。

「右腕に火傷痕、長さ三寸（約九センチ）、幅約七分（約二センチ）。腹部に腫瘤、卵巣水腫の疑いあり」

気を失っているかのように見えた患者が、ごほごほと咳をこぼした。留吉が、あわてて、近くにあった膿盆を近づけた。患者が咳と一緒に血を吐いたからである。

沙織は患者の額に手を当てて、眉を寄せると、

「血痰、高熱、労咳の末期と思われる」

診立てを終えた。

この時、克生は患者に躙《にじ》り寄って、その耳元に囁いた。

「名は何と言いますか？」

患者の閉じていた目が開いた。驚いたような、当惑そのものの表情ではあったが、

「き、菊」

はっきりと答えた。

「こんな大事な時に行き倒れの入所は困ります」

目を三角にした松右衛門に、

「この人は行き倒れという名ではありません。お菊さんです」

克生の声が凛と響いた。

「鼻造りの引き替えは、石を砕く器械と取り決めたはずです」

松右衛門は引き下がらなかった。

「それとこれとは別の話です。わたしはあなたと、治療に急を要する患者を見捨てるという約束などしてはいません。沙織さん、お菊さんを重症患者用の部屋へ移してください」

「わかりました」

早速、沙織が人を呼んで布団ごとお菊を運ぼうとすると、

「一部屋だけの重症患者の部屋は、明日入所されて、いずれは大名家をお継ぎになられる方のためです」

怒気を含んだ松右衛門の指摘を、

「そうでしたね。では、お菊さんには、わたしの部屋の隣の小部屋を片付けて、そこへ移ってもらいましょう」

克生はさらりと受け流した。

二

翌朝、さる大名の世継ぎ候補が乗ったお忍び駕籠が裏木戸に着けられて、すらりとした長身ながら、すっぽりと頭と顔を頭巾で隠した当人が下り立った。

克生は松右衛門の指図で、治療処ではなく、離れにある重症患者の部屋で件《くだん》の候補を診た。

「わたしたちはあなた様のお名を存じません。何とお呼びしたらよいのですか？」

克生が問い掛けると、相手は頭巾を脱いだ。鼻は完全に潰れていて、鼻のあった跡に赤い大きな穴が口を開いてはいるが、秀でた額や涼しい目元、引き締まった形のいい唇は、人並み以上の知力と容貌を備えていることを物語っている。

「遠慮せず、鼻欠けと呼んでくれてよい」

自虐的な笑いを漏らした。

「わかりました」

こうして鼻欠け様の施術が始まった。

「まずお訊ねしたいのは、梅毒の治療にどれほど水銀をお使いになったかなのです」

「水銀は梅毒の特効薬と聞いていて、もう何年も使っているが、悪いのか？」

梅毒患者の鼻が腐って潰れ落ちる原因は、梅毒によるものに加えて、この病の治療に使われる水銀の毒性にもあるのだという事実を、克生は大村益次郎を介して出会ったドイツ人医師から聞いていた。崩れても、爛れてもいない顔の皮膚の深部にまで、水銀の毒素が浸透していると、造鼻術を施しても、皮膚の傷痕は治癒を見込めなくなる。

この話を聞いた鼻欠け様は、

「ならば、もうわしの鼻は決して、元通りにならぬというのか」

これ以上はないと思われる落胆の目色になった。

「わしは大名と呼ばれたいだけのことで、ここに来ているのではない」

頭巾を被り直して、鼻欠け様が話しだした。

「わしの母上は百姓の生まれで、偶然通りかかった父上が見初めた。わしは父上の十番目の子として生まれたが、母上は産後すぐ亡くなったので乳母に育てられた。わしは生まれてこの方、父上の顔を見たことはおろか、文をもらったことさえない。長じると寂しさと鬱憤が募って、遊里に通う日々が続き、とうとう、このような面相になってしまった」

遊里という言葉が克生の心をチクッと刺した。

「ところが、兄上たちが次々に亡くなり、父上の血を引く男子は、わし一人となり、思いもかけず、世継ぎの座が降ってきた。ずっと国許で暮らしていたわしは、窮しに窮して、ほとんど毎年、餓死者が出る民たちの悲惨な暮らしぶりを知っている。藩政を建て直し、民たちの暮らしを少しでも楽にしてやりたいと思う」

「なるほど。百姓たちが汗水垂らして米を作っているからこそ、ご藩政が成り立つというもの。上に立つ者は臣下は言うに及ばず、武家を支える民百姓たちにも配慮しなければなりません。でも、そのお考えと鼻とは関係ないと思われますが——」

克生は鼻欠け様の決意に大いに感服した。

「関係はあるのだ。まずは、病床の父上に世継ぎと認めてもらわねばならぬ。母上は百姓ではあったが、近隣の村に聞こえるほどの器量好しだったという。父上は好きな美術、骨董と同様に、人の品定めをする癖があるようで、鼻欠けの頭巾被りの我が子では、いや、我が子であるがゆえに世継ぎとは認めまい。そして、我が国許のことなどろくに知らず、ただただ参勤交代だけを務めと心得る、遠縁の美丈夫を世継ぎにしかねない。そうなっては民に救いはない。わしでなければ——。だから、わしには、ここが最後の頼みの綱なのだ。頼む。わしに鼻をくれ」

すがるような目を克生に向けた。

「大名家に生まれたあなた様に必死の想いがおありのように、わたしにも、医者としての動かすことのできない信条があります。それは人の命を救うことです。もし、水銀の毒素が顔の皮膚の奥を冒し尽くしていて、治癒力が奪われているとしたら、長きにわたって切開を繰り返さねばならない造鼻術は、化膿が引き金となり、全身に害を及ぼして命取りになりかねません。ですから、まずは、あなた様の顔の皮膚の治癒力を見せていただきます」

克生は沙織に麻酔の準備をするよう言いつけた。

「試しならば、麻酔は不要じゃ。試しごときで音を上げていたら、先は越えられぬ」

鼻欠け様から鋭い声が掛かった。

「それではそういたしましょう。ただし、歯抜き同様、顔の皮膚を切る痛みは相当なものです。どうか、ご覚悟を。決して動いてはなりません。動けば目に手術刀が突き刺さるやもしれません」

克生は鼻欠け様の顔を見据えた。

克生は鼻根のあたりと、鼻があったと思われる部分の赤い穴に数本の切り込みを入れた。鼻欠け様は、何回もメスで切られる痛みに歯を食いしばって耐えた。両目からは涙を流していたが微動だにしなかった。克生は傷口に膏薬を貼り終えた。

「この結果はいつわかるのか？」

試しが終わるやいなや、鼻欠け様が聞いてきた。

「明日に少し、明後日には是か非かわかります」

そう言い置いて、克生は部屋を辞した。

翌朝、小部屋の障子を開けた沙織があっと叫んだ。布団の上に横たわっているはずのお菊の姿がなかったからである。

「出て行ってしまったんだわ、でも、あんな身体で――」

「捜そう」

克生は、昨日入所した重病の女患者お菊が診療所を抜け出して、市中を徘徊しているはずゆえ、見つけて診療所まで連れてきてくれるよう、文を奉行所の和之進まででしたためかけると、

「倉本様にはわたしが申し上げます。もしや、あの時、お菊さんの耳には、善田屋さんと先生の話が聞こえていたのかもしれません。それで、ここにこれ以上、迷惑をかけてはいけないと思ったのかも。そう考えると、たまらなくて――。先生、わたくしにも捜しに行くお許しをください」

と、沙織が言いだした。

「人手は多い方がいい。ただし、お菊さんは、迷惑だからここを出て行ったのではなく、酒が飲めないのが苦だったのだと思う。診立ての時、気がつかなかったかな？」

「そういえば、熟しすぎた柿の臭いがしました。たしかに二日酔いの人の口臭に似

ていました。でも、あのような身体でお酒を飲んでいるとはとても思えませんでした。洗っていない汚れた着物からも同じような臭いがしますし――」

「言い訳は聞きたくない」

厳しく言い切った克生は玄関口の方を指差して、早く捜しに行くようにと命じた。


沙織が奉行所を訪ねると、和之進はちょうど出仕したところであった。

「出ましょう」

二人は南町奉行所を離れて歩き始めた。

沙織の話を聞き終わった和之進は、

「お菊という名が偽りでなければ、捜すのはそう難儀ではありません。それより、沙織さんこそ、常のような元気がないように見えますが――」

和之進は沙織の顔色が優れないことに気がついていた。

「実はわたくし――」

沙織がお菊の酒癖を見逃していて、克生に厳しく叱責された話をすると、

「叱った克生は間違ってはいないでしょうが、わたしなら、お菊が迷惑を苦にして

出て行ったのだろうという、あなたの清らかな見込み違いを好ましく思います」

　和之進の言葉に、

「わたくしに味方してくださるのですね」

　心ならずも沙織は目を潤ませかけて、

「わたしはいつもあなたの味方です。男でもたじろぐ手術を、血を見るのも恐れず、一生懸命こなしているあなたに味方しないではいられません」

　そう言い切った和之進は知らずと顔を赤く染めていた。

三

　克生に誤診を指摘されて意気消沈していた沙織は気を取り直して、

「名が偽りかもしれぬのなら、身元の手掛かりはこれしかございません。お菊さんの枕元に落ちていたものです」

　袂《たもと》から煤《すす》けた守り袋を取り出した。

　守り袋を受け取った和之進は中を改め、

「山王権現の守り札と一緒にこれが入っていますよ」

広げた紙を沙織に見せた。それには栄壽軒とある。

「どうやら、お菊は白粉屋《おしろい》と関わりがあるようだ」

和之進と沙織は栄壽軒のある小舟町《こぶなちょう》へと向かった。

繁盛している栄壽軒の店先には、鷺《さぎ》の絵と白粉をつけ、十二単《ひとえ》を纏った官女の大きな絵姿が立て掛けられていて、女たちはその絵に見入りつつ、白粉を買う順番を待っている。釜元《かまもと》（製造元）白粉とある看板のほかに、松金油《まつかねあぶら》と描かれた畳一畳ほどの看板も見えた。白粉屋では普通、髪油や紅《べに》も売られていた。

和之進が客の相手をしている手代に事情を話すと、手代は困惑した顔で奥へと入り、戻ってくると、

「どうぞ、こちらへ」

二人は客間に通されて、ほどなく主の佐平が障子を開けて入ってきた。

「妹のお菊に何ぞ、ございましたか？」

佐平はふくよかな顔に似つかわしくない、浮かない表情でいる。

「何、お菊がこの店の娘だと？」

驚きの余り、和之進と沙織は目を瞠《みは》った
「はい、お菊は五年前、火事を出した薬研堀《やげんぼり》の紅屋暁軒に嫁いでおりました。あの時、亭主も子どもも、奉公人までもが焼け死んでしまい、一人助かったのがお菊でした」

　お菊の腕の火傷の痕を思い浮かべて目をしばたたかせた沙織は、運命とはいえ、あまりに酷すぎるとお菊が不憫でならなかった。

「それで、その後、あんたがお菊を引き取ったんだな？」

「ここはお菊の育った所でございますゆえ、もちろんでございます。お菊はまだ先のある身ですので、名をお夏と改めさせ、行く行くは、ふさわしい男と添わせようと思っておりました。ところが、お菊は頑として、新しい名で呼ばれても応えず、いつ起きていつ寝るかも気儘で、身形《みなり》も構わなくなり、日に日にてまえが可愛がっていた妹ではなくなってしまったんです。そして、ある日、お菊は出て行ってしまいました。半年ほどかけて捜し出したお菊は、大川の葭簀《よしず》張《ば》りを塒《ねぐら》にしていました。酒浸りの物乞いになってしまっていたのです。ここへ連れ帰って、垢を落として身仕舞いをさせましたが、すぐにまた、手文庫から酒代を持ち出し、出て行ってしまうんです。てまえがどんなに話しかけても何も応えません。三度目の時、意を決して、お菊が肌身離さず持っている守り袋の中に、店の名を書いた紙を入れました。もうこの頃には、好んで物乞いをしているんだとわかってはいましたが、病を得て行き倒れにでもなった時には、どうしても助けてやりたかったんです」

「肌身離さずにいたというこの守り袋は、幸せだった頃のご亭主やお子さんの思い出だったのでしょうね」

沙織の言葉に、

「その通りです。ここに引き取ったばかりの頃のお菊は、〝何もかも焼けてしまって、残ったのは、夫婦で山王様に、子どもの行く末を頼みに行った時の守り袋、とうとうこれ一つになってしまった〟と話していましたから」

「どのような火事だったのでしょうか？」

進んで物乞いになったお菊には、今一つ深い事情があるような気がする。

「それは――」

佐平は目を伏せた。

「言ってみろ。病んだお菊を捜す手だてになるやもしれぬぞ」

和之進に促されて、

「てまえどもでは、白粉のほかに髪油や紅を商っております。白粉の釜元とはいえ、これだけでは商いが大きくならないからです。ところが、お菊の嫁ぎ先の紅屋暁軒では、寛政の創業以来紅一筋でした。暁軒は寒紅《かんべに》で江戸一と評判を取っていたからです」

丑紅《うしべに》とも言われ、寒いこの時季に作られる寒紅は、黒ずむことがない逸品とされ、毎年売り出しの日は長蛇の列ができた。

「暁軒の商いに翳りが見え始めたのは、紅花を買い付けに行った大番頭が、買い付け金を持ったまま行方知れずになった時からでした。後からわかったのですが、博打《ばくち》の借金を抱えていたのです。最高の紅花を仕入れることができなければ、到底、江戸一の寒紅は作れません。結局、その年からは評判が二番に落ちて、以後、最高の紅花はほかの店が買い占めてしまい、これが二年、三年と続いたため、お菊と亭主は何とかして、暁軒の寒紅を返り咲かせたいと焦っていました。お菊に相談されたてまえは、紅のほかに白粉や髪油を売ることを勧めました。これらで売り上げを伸ばせば、ほかの店と競って、また、最高の紅花を手に入れることができます。しかし、今になってみれば、このことが仇《あだ》になりました。火事は風のたいそう強い夜半、小僧がうっかりこぼしてそのままにしていた廊下の髪油に、夜なべ仕事のために点《とも》していた燭台が倒れて起きたからです」

「お菊さんは、あなたに相談さえしなければ、こんなことにはならなかったと悔いていたのですね。それでこちらにいるのも、お兄さんと顔を合わせるのも辛かった」

切なすぎる話だと沙織は思った。

頷いた佐平は、

「ただし、お菊は、誰一人詰《なじ》ることもせず、焼け死んだうっかり者の小僧だって悪くない、自分が廊下の髪油に気がついて、拭き取ってさえいればよかったのだと、ただただ自分だけを責めていました。ああ——」

悲痛なため息をついて、歪めた顔を両手で覆った。

「お菊の亭主と子どもの墓はどこに?」

「三田の青泉寺でございます」

二人は挨拶もそこそこに青泉寺へと急いだ。

お菊は青泉寺の、夫と子どもの墓の前に倒れていた。拾い上げた大徳利は空であった。

沙織が額に触れると燃えているかのように熱い。

「熱が高いです。すぐに冷やさないと」

手水舎《ちょうずや》まで、和之進がお菊を抱きかかえて運び、沙織は手水舎の水を柄杓《ひしゃく》で汲《く》んで額に掛けた。すると、お菊は気を取り戻し、柄杓から流れ落ちる水を拒んでばたばたと暴れ、まだ陽の高い空を見上げた。陽の光に向かって、わぁーっという奇声が上がった。そして、どこにそんな力が残っていたのか、和之進の腕を振り解《ほど》くと、お菊は立ち上がり、よろめく足どりで近くの松の木に近寄った。

沙織はお菊の着物の裾《すそ》が血に染まっているのを見てとり、

「足に酷い怪我をしています。早くこの手当てもしないと」

駆け寄ろうとすると、再び、空へ向けて顎を上げたお菊が、わぁーっと叫んで走り出そうとして、倒れた。和之進と沙織は住職に頼んで人を呼び、お菊を戸板に載せて木挽町へと運んだ。

四

「これは刀傷だ」

診療所ではすぐに、克生がお菊の傷口を縫うよう沙織に言いつけた。お菊を見つけた経緯を話した和之進は、

「倒れていたそばに空の大徳利があった。酒屋でもとめて亭主や子どもの墓のある寺に行く途中、後を尾行《つけ》て奪い取ろうとした、大酒飲みの浪人者にでも斬りつけられたのだろう。それにしても、この傷でよく逃げおおせたものだ」

お菊の脛の傷は致命傷でこそなかったが、白い骨が見えるほど深い。

沙織に縫合を任せているお菊は、目を開いたままでいる。

「何も感じていないように見える」

和之進は怪訝な顔を向けた。

「普通、これだけの傷を負うと痛くて気を失うか、こうして針を使えば顔をしかめるものですが――」

沙織は克生を見た。

「腕の火傷痕を見せてくれ」

和之進がお菊の袖をめくった。

克生は顔を寄せて、目を凝らし、

「火傷だとしか思っていなかったが、乾いて爛れている皮膚の上に、また新しい爛れがある」

「火傷の痕に、また傷を負ったのですね」

目と手を、お菊の脛に集中させたまま、沙織が漏らした。

「嚙み傷のように見える」

「嚙み傷――犬ですか？」

「これでお菊さんの真の病がわかった」

「労咳と酒毒ではないのか？」

和之進は首を傾げた。

「それもある。だが、お菊さんは今、もっと重い症状にある」

「犬と関わりがあるのですね」

縫合を終えた沙織は克生と目を合わせた。

「元凶はたぶれ犬だ」

たぶれ犬とは人や牛馬を襲う狂犬のことで、この犬に嚙み付かれると高熱を発し、意識が混濁して死に至る。享保《きょうほう》年間（一七一六〜三六）に長崎から大流行して以来、各地で発生していた。

「俺は、まだ、たぶれ犬に嚙まれた者を知らないが――」

和之進の首は傾いだままである。

「おそらく、お菊さんは物乞いを続けていて、たぶれ犬に嚙み付かれたのだ。たぶれ犬に嚙まれた者の症状は高い熱だけではなく、痛みを感じなくなって、光や水を恐れるあまり凶暴になる」

「でも、よりによって、あの火傷の痕が嚙まれるなんて――」

沙織は痛ましい嚙み痕から目を逸《そ》らした。

「嚙まれたのではなく、たぶれ犬が近づいてきても逃げもせず、火傷の痕がある腕を差し出したのかもしれん。お菊さんの身に起きた話を聞いてそう思った」

克生が平然と言ってのけると、

「そんなこと――どうして？」

沙織の心が悲鳴を上げた。

「火事で亭主と子を失ったお菊さんは、生きよ、生きてくれと励ます肉親の厚意に添うことができなかった。その時、すでにお菊さんの心は死んでいたのだと思う。だが、因果なもので、人という生きものは、たとえ、心が死んでも身体は生き続ける。なぜか、生きたい、生きたいと叫び続けるものなのだ。それゆえ、お菊さんはずっと大酒飲みの物乞いで生きてきた。おそらく、一時、悲しみを忘れさせてくれる酒に逃げつつ、早く自分の身体が朽ち果てればいいと願っていたのだろう。そんなお菊さんの前に、たまたま現れたのが、たぶれ犬という縊鬼《いつき》だったのではないかと思う」

克生は、そこで話すのを止め、寝入ったお菊の窶《やつ》れた顔を見つめ、ふうとため息をついた。

この時、沙織は初めて会った時、克生に感じた深い悲しみの源をかいま見たような気がした。きっと、先生も以前、命にも換えがたい大事な大事な人を亡くしている――。

「たぶれ犬に噛まれた時、瞬時に傷口から毒を吸い出せば助からないでもないが、こうも症状が進んでは、もはや、手の打ちようがない。おそらく今宵一晩保《も》つかどうか。身寄りの者に報せるように」

「では、俺が栄壽軒に報せる」

そう言うなり和之進が飛び出して行くと、

「お邪魔いたします」

入れ違いに善田屋松右衛門が入ってきた。

「行き倒れが、出たり入ったりして騒がしいようだと、西洋猿と遊んでいた下足番の爺さんに聞きましたが、離れのお方の鼻造りは順調でございましょうね」

じろりと布団の上のお菊を睨《ね》めつけた。

「先ほど診ましたが、昨日切開した鼻の皮膚に炎症は見られません。明日には傷口が塞がるはずです。大丈夫、鼻は付けられます」

「何しろ、あちらは大事な患者様なんですから、行き倒れ女なんぞの手当てにかまけていてほしくないですね。わたしの耳にも入ってるんですよ。ところで、鼻に傷を付けてみて、その傷が治らないと鼻は造れないんですって？」

「まさにその通りです」

「駄目かもしれないとわかっていて、引き受けたのですか？」

「梅毒による鼻欠けと聞いて、水銀の毒が回り、十中八九駄目だと思っていました。ただし、一分か二分は望みがあるので、それに賭けてみようと思ったのです」

「失敗したらどうなるか、前にお話ししていたはずですが」

「あなたのところへ藩邸から刺客が差し向けられて、わたしたちはこの診療所ごと、焼き殺される話でしたっけ？　鼻に傷を付けてみて、治らなければ鼻は造らないだけのことで、もとより、お命には関わりません。ただそれだけのことだというのに、こちらの命だけ即座に取られるとは、また、ずいぶんと大袈裟な話ですね」

克生は、はははと大声を上げて愉快そうに笑った。

この時、下足番の老爺の真っ青な顔が襖から覗いた。

「先生ちょっと――」

「急な患者さん？」

沙織が立ち上がるのとほぼ同時に襖が開け放たれた。

手燭を持って立っている老爺の後ろには、麻酔による歯抜きで訪れて以来、何かとここを気にしている、お菊を運び込んだ小僧の留吉が蹲《うずくま》っている。

「おいらの腹、このところ、ずっとちくちくしてて、もうたまんなく痛くなっちまって――」

「顔が真っ赤よ、きっと熱があるわ」

急いで額に手を当てた沙織が、途中、痛みが酷くて歩けなくなった留吉を連れてきてくれたのだと誤解して、

「お世話になりました」

留吉を見下ろしていた長身痩軀の浪人に礼を言ったとたん、すらりと刀が抜き放たれた。

沙織は留吉を庇《かば》うように抱いて共に蹲り、老爺は表情を固まらせ、松右衛門はひぇーっと声を上げてのけぞった。浪人は青く浮き出たこめかみをぴりっと震わせた。赤い目が据わっているのは、酒が回っているせいである。克生一人が何事もなかったかのように、眉一つ動かしていない。

突然、眠っていたはずのお菊が目を開いて、

「火事、火事、火事――」

逃げようとしたのか上体を起こして夜着を蹴った。そこで初めて、沙織は廊下が油で濡れていることに気がついた。

五

怯えたお菊の目が、浪人と、手当てを施され晒が巻かれている自分の足とを、行き来している。

「酒を奪わんがため、この女に斬りつけたのも、ここの廊下に油をまかせたのも、俺だ」

浪人が初めて口を開いた。誰もがぞっとさせられる凄味のある物言いだった。

「その火をよこせ」

浪人は老爺に向けて刀の刃先を動かした。

「へ」

老爺が震えながら手燭を渡すと、

「断るまでもないが、この火をここへ落とせばすぐに火の海となる」

浪人は睥睨《へいげい》するように、その場にいる人たちの顔を見回した。

目を合わせた松右衛門は、

「その火、手燭の火さえ消してくだされば、金、金なら幾らでも差し上げます。そ、それでぞんぶんにお酒を召し上がってください。お願いです、この通りです」

畳に両手を突き、頭をこすりつけたが、

「愚か者」

一喝した浪人は、

「欲しいのは酒でも金でもない」

刀をゆっくりと松右衛門の頭上に振り上げた。

「火事、火事、火事――」

お菊が再度叫ばなければ、松右衛門の首は飛んでいたかもしれなかった。

「うるさい」

浪人はさっと刀をお菊に向けた。お菊は動じない。

「火事、火事、火事、あんた、亮吉、逃げて、逃げて」

火事の幻影を見ているかのようだった。

「お菊さん、さあ、横になって」

躙り寄った沙織がお菊を布団の上に寝かせ、夜着をかけた。

「いい加減にしてください、病人なのですよ」

沙織は強い言葉を吐いたが、なぜか浪人は刀を動かさなかった。

「この男はわたしに用があるのです」

「ほう、この竹村総一郎を覚えていたのか」

「忘れるはずがありません」

「そうだ、忘れてもらっては困る。この男は手術とやらで、俺の妻を殺した上、切り刻んだのだから」

竹村総一郎は、克生が妻を殺した話の詳細を語り始めた。

克生は悪意に満ちた罵詈雑言《ばりぞうごん》を耳にしつつ、心の中で当時のことを振り返っていた。

最愛の女《ひと》美和を亡くし、ヘボンの居留地を出た失意の克生は、美和の命を奪った病という不可避な相手に闘いを挑む勢いで、得意な外科術に磨きをかけるべく諸国を流浪した。そんなある時、美濃国の水尾藩で、藩医を訪ねた折、頼まれて虫垂突起炎（虫垂炎）の手術をすることになった。

克生はヘボンから虫垂突起周囲の炎症により、腹部の激痛、嘔吐、高熱の症状が何日も続いたら、もはや、下剤や阿片で自然軽快させることはむずかしく死に至ることもある、と聞かされていた。ちなみに虫垂とは小腸から大腸に移る場所にある、小指の先ほどの小袋である。

手術では、病んでいる右下腹部の腹腔内の膿瘍を切開する。ただし、これが決め手でない証に、こうした手術後、亡くなる例も多かった。しかし、幸か不幸か、当時の克生には、まだこの手術で患者を死なせた経験がなく、自分がメスを握れば、如何《いか》なる虫垂突起炎も克服できると自負していた。

丹念な触診で腹部深部の小さな瘤《こぶ》を探り当て、メスを入れて切り取る。

水尾藩で克生が診た女の患者にも、すでに、腹腔右に瘤、膿瘍が見受けられた。克生は確信を持って切開した。いつものようにどっと膿が噴き出し、傷口を閉じ終えたというのに、その翌日、患者は息を引き取った。

自負を挫《くじ》かれた克生には、そんなはずはない、なぜだ？　という口惜しさを吹っ切ることがむずかしかった。気がつくと、メスを手にして、患者の右腹部に大きく切り込んでいた。患者を死に至らしめた虫垂突起炎を見ておきたかったのである。克生は膿にまみれた腹膜を見つけた。化膿した虫垂が破れて、膿が腹腔へ流れ込んでいたのだ。手遅れという、絶望的な言葉が頭を占めて、克生はしばし放心状態に陥っていた。妻を案じて襖を開けた竹村総一郎は、そんな克生の姿を目にしたのだった。

「亡くなった患者さんのご遺体に傷をつけるのは御法度《ごはっと》です。けれど、里永先生はどうしても、死因を突き止めたかったのだと思います。そうすれば、今後、きっと救える命もありましょうから」

沙織は克生を庇う言葉を口にした。

「俺の妻の生家はな、殿のご側室の縁につながっていた。世継ぎを産んだそのご側室の権勢はたいしたもので、妻の手術には、藩医殿とて腰が引けていたかもしれぬ。だが、もうそんなことはどうでもよい。妻の死がすべてを変えた。婿に入って日も浅く、子もおらなかった。そこで、親戚から養子を迎えるという話を義父母から切り出された日、婚家で生きる道はないのだと悟った。生家に戻ることも憚られ、やむなく殿にお役御免を願い出て、浪人となり江戸へ出てきた」

竹村はそこまで一気に話すとその場をぐるりと見回した。お菊の荒い息遣いだけが聞こえる。腹痛をこらえ、蹲っている留吉でさえ、声を押し殺している。

「俺の取り柄は剣術だが、今時、剣術指南役など、どこの藩ももとめてはいない。道場破りや商家の用心棒、大道芸等、できることは何でもやって酒代に当てた。酒を飲んでいる時だけは、妻や、妻に起きたことを忘れられたのだ」

そう言うと竹村はため息をついた。

「今日も、酒代に不自由しておらず、そこにいる女が酒を買うのさえ見なければ、そして、偶然また出遭ったりしなければ、こうして、ここへ乗り込んできてはおらぬだろう。妻が好きだった山茶花《さざんか》が気になって青泉寺へ足を向けると、一度見失った女が戸板に載せられて運ばれて行くのに出くわした。その折、巻羽織《まきばおり》の役人が〝木挽町　里永克生診療所まで〟と言ったのが耳に入った。まさに、天の声だと俺は思い、何をすべきかもわかった」

すいっと刀の切っ先を克生の喉元に突き付けた。

「藩医の許で一目見た時、おまえに剣術の心得があるとわかった。かくなる上は逃げ隠れせず、俺と手合わせしろ。断ればこの場でその首、斬り落とすのみだ」

竹村総一郎が克生に仇討ちもどきの果たし合いを望んでいるとわかって、沙織は思わず額と手に冷や汗が滲《にじ》んだ。

竹村が看破した通り、克生は剣の遣い手であった。

だがそれは、はるか昔のことで、十年の歳月を経て木挽町へ戻ってきた克生は、腰に刀を帯びていなかった。道でごろつきに絡まれるようなことがあっても、和之進が助けなければ、ただ黙って殴られるだけであった。抗《あらが》うことさえしない。剣術一筋で生きてきた竹村と、果たして互角に闘えるのだろうか？

「承知しました。しかし、剣とは縁を切って久しいので、代わりにこの首を差し上げよう。でも、その前に一つだけ」

克生は、廊下に屈み込んだまま唸り続けている留吉の方を見て、

「その患者はたぶん、あなたの奥方と同じ病、虫垂突起炎で苦しんでいます。どうか、わたしに手術をさせてください」

六

「いかにもの命乞いは見苦しいぞ」

克生に果たし合いを挑んでいる浪人、竹村総一郎の赤い目が殺気立っている。

「命乞いではない」

克生は竹村に目を転じ、その顔をしっかりと見据えた。

「何よりわたしが人として恥ずかしいと思っているのは、あなたの奥方の死因を確かめようとしたことです。あの頃のわたしは傲っていて、ただただ、口惜しく、自分の負けを認めたくなかった。虫垂突起炎の手術は一刻を争います。手遅れになると、命を救えない」

「ならば、我が妻は手遅れだったというのか？」

「はい」

「そして、この小僧はまだ助かる手だてがあると？」

「奥方は七日も熱と痛みに悩ませられていたと聞きましたが、留吉は昨日からです」

「手術に間違いがなく、手遅れでないならば、小僧は命を取り止めるはずだな」

「もちろん」

「では、おまえの言うことが真実《まこと》かどうか、見極めてやる。早く、その小僧を治してみよ」

克生はお菊を小部屋へ移した後、竹村が凝視する中、治療台に身体を横たえた留吉の腹部を丹念に触診した。

とうに松右衛門の姿はなかった。

「おまえを信じている者の命を絶つのは、さぞかし、やりきれぬことだろう」

竹村は克生の耳元で囁いた。

「命を救うのがわたしの役目」

言い返した克生は留吉の瘤のある場所にメスを入れて、炎症を起こしている虫垂が破れていないことを確かめてから、すぱっと思いきりよく切り落とした。

「これで快方に向かうはずです」

克生はメスを置き、傷の縫合は沙織に任せると、

「お菊さんを診た後、客間で首を洗って待っています」

竹村に告げ、治療処を出て行った。

克生が小部屋に入った時、お菊は布団の上で立ち上がろうともがいていた。

「苦しいですか？」

克生はお菊と目を合わせた。

「これじゃあ、とてもうちの人や亮吉に許しちゃもらえない」

「許すとは何をです？」

「欲張りだったあたしが悪かったたって。あたしさえ、余計なことを兄さんに相談しなきゃ、たとえ、江戸一でなくっても、親子三人、一緒にいられたはず——だから、あの世で二人はあたしを恨んでる。あたしは楽になんてなっちゃいけない女なんだ」

「あなたがご亭主や子どもだとして今、あの世にいるとしたら、生き残っている人を恨みますか？」

お菊は呆然として、

「そんなこと、考えてもみなかった。でも、あたしだったら——」

「恨んだりなどするわけもないでしょう」

「でも、それじゃあ——」

「少しお眠りなさい。今、よい薬を煎じて差し上げます」

克生はヘボンの妻クララから土産にと持たされた、カミツレ（カモミール）の干した花に湯を注いで煎じたものをお菊に飲ませた。

しばらくするとお菊は寝入った。一刻（約二時間）ほど付き添った克生が、老爺に竹村を客間に案内するよう言いつけると、

「言いはしますが、患者を前に沙織先生とあの浪人が睨み合ったままです。どっちも動きそうにありやせん」

老爺は、まだ怯えた目をしている。

克生は治療処に戻った。

「留吉さんに変わりはありません。麻酔は切れてるはずですが、ぐっすりと眠っています。死んでいるのではないか、と竹村様が何度も息を確かめておいでです」

沙織は竹村を強い目で見ながら言った。

「わしは何もこの小僧が死んでいいとは思っていない」

竹村の物腰はややたじろいでいる。

「そうだとよろしいのですが――」

沙織は語尾に満身の力を入れた。

「沙織先生。しばらく、わたしと竹村様の二人にしてください」

沙織は案じつつ、部屋を出て行った。

克生は留吉の額の熱と脈拍、寝息を診て、留吉の容態の安定を確かめた。命が燃え尽きようとしているお菊を見守っていた時、逝った相手にこれほどの想いと後悔を寄せているお菊の切なさが、克生には我がことのように思われた。また、竹村総一郎が恨みでしか、妻女や身分を失った悲しみ、苦しみを埋められないのなら、添ってやってもいいと思った。

「到底敵わぬでしょうが、一度捨てた剣を取ってお相手をさせていただきます」

「到底敵わぬだと？　気障《きざ》なことをぬかしてもらっちゃ困る。こう見えても、剣術馬鹿の俺には相手の剣の気がわかる。手練れのおまえは、闘うふりだけしてわざと負ける気だ。どうして、そんなに死にたがるのだ？」

竹村は克生の目を覗き込んだ。

「そう見えますか？」

克生は苦笑して、

「亡くした奥方へのあなたの想いに、ほだされてしまったのかもしれない。わたしも大事な女が病に罹っても助けられなかった――気持ちはよくわかります」

「それはさぞかし辛いことだろう」

克生は黙って頷いた。

「嘘をつくな。おまえは俺を馬鹿にしているのだ。立身出世のため、婿養子に入ったものの婚家を追い出された俺を嘲っているのだ。そんな奴とは本気で剣を交えるものかと思っているのだ」

「そんなことはない。あなたの苦しみを少しでも和らげたいだけです。本当です」

「俺は、妻を愛しく思っていた」


竹村の脳裏を妻との希望に溢れた日々がよぎった。

「妻は俺が婿養子ということを感じないよう、陰になり日向《ひなた》になりして、俺を立ててくれた。しかし、俺がその気持ちに応えることができないうちに、一人で逝ってしまった。俺は妻を労い、礼を言うこともできなかった」

竹村の口から嗚咽《おえつ》が漏れて、

「俺なんて、生きながらえるに値しないのだ。妻の代わりに俺が死ねばよかったのだ」

「竹村殿、簡単に死ぬなんて言ってはいけません。死んだ方がいい命なんてこの世にはないのですから」

そう言いながら、克生は竹村を苦しみから救うために、命を投げ出しても構わないと思ったことを恥じた。自分も美和を失った苦しみに負け、楽になりたかったのだと悟り、項垂れた。

「おまえも俺も、死に場所を探していたのだな」

言うなり、竹村はすっくと立ち上がると、抜刀し、力一杯振り下ろした。

「おまえと俺の弱い心を斬った」

項垂れる克生に向ける竹村の目から憎しみが消えた。

「うーん」

留吉がうめき声を上げた。

「その小僧は〝お願いです、神薬遣いの里永先生を斬ったりしないでください、先生はおいらたちに、なくてはならない神様なんです、お願いです、お願いです〟と譫言《うわごと》を言いながら涙まで流していた。そこには命が蘇ろうとする煌《きら》めきがあった。

おまえは必要とされているのだ。俺は妻が亡くなって以来、自己憐憫にどっぷりと浸《つ》かって、人を憎みすぎていた。器が小さかったと今やっとわかった。これからは、逃げず、多少は人の道に適った生き方をせねばと思う。その道は剣術以外にもあるはずだ。お菊とやらにもすまないことをしたと伝えてくれ」

　そう言い残して、竹村は静かに診療所を立ち去った。

　この夜、沙織は克生と駆けつけてきた佐平の三人でお菊の枕元で夜を明かした。夜が白み始めると、留吉の熱はほぼ平温に下がり、小部屋の熱の下がらないお菊の息は荒くなった。

「もう、間もなくと思う」

　克生の言葉がしんと響いた。

「先生も佐平さんも、何か召し上がりませんか？」

　沙織は居たたまれなかった。何度か臨終には立ち会っていたが、これほど、相手の来し方に深く関わったのは初めてであった。

「厨にある好物の肉味噌を梅干し代わりにして、握り飯を」

「わかりました」

　盆にその握り飯と茶を載せて障子の前に立つと、中から克生とお菊の声が聞こえてきた。

「お菊、俺だよ、俺」

「あんた――」

お菊の声が濡れている。

「おまえを恨んだことなんか一度もない。恨むわけがないだろう。こっちには坊主もいて賑やかだ。だから、早くおいで、こうして、待ってるんだから――」

沙織が襖を開けると、佐平が声を殺して泣いていた。傍らで克生に抱きかかえられたお菊が、たった今、息を引き取ったばかりであった。その顔は晴れやかに安らかだった。

六話　遠い記憶

一

試験切開が成功した後、年が明けるのを待って、いよいよ鼻欠け様の造鼻手術当日となった。

浪人の闖入《ちんにゅう》に出くわして逃げ帰った松右衛門からは、ふっつりと音信がなくなっていた。新年の挨拶にも訪れなかった。

「どうなさったんでしょう?」

沙織は案じたが、

「便りのないのはよい便りというではないか。それに顔を合わせなければ、金のことで意見されることもない」

　克生は気にかけていなかった。

　ただし、造鼻の手術にはどうしても立ち会うと張り切っていたのを思い出し、

「臍を曲げられても困る」

　文を書いて日時を報せてあった。

　だが、松右衛門は、半刻（一時間）ほど待っても姿を見せず、焦れた克生は、

「そろそろ始める」

　離れへと向かった。

　克生に蠟《ろう》で作った鼻型を見せられると、

「おう、それがわしの鼻になるのだな」

　鼻欠け様の目が輝いた。

　克生は蠟の鼻型を板状にしてから鼻欠け様の額の上に置き、墨で写し取った。

　沙織が麻酔器を操ろうとすると、

「それは要らぬ。耐えてみせる。これしきの痛みに耐えられなければ、鼻を得ることなどできぬような気がする」

首を激しく振った鼻欠け様を、

「前の試しとは違い、これを終えるには、半刻はかかります。とても耐え抜ける痛みではありません。わたしとしても、少しでも動かれると手許が狂います。刃先が目を傷つけでもしたら、何といたします？　新しい鼻のためにも、どうか、お眠りください」

克生が説得した。

こうして鼻欠け様が眠り込むと、克生は新しい鼻を差し込むための切り込み線を、潰れた鼻の周りに描いた。そして、鼻欠け様の顔の周りを手巾で覆うと、墨で記した黒い輪郭をその額から切り取り、潰れている鼻の位置に置き、下部を一針一針丹念に縫合した。次には鼻の両側も縫い、膏薬を貼った。最後に切り込みを入れ鼻孔を作ると、開けた鼻孔が塞がらないように麻の布を挿し入れた。

「額は沙織さんに任せよう。できるだけ痕が目立たぬよう、上手く縫って差し上げてくれ」

無言で頷いた沙織は、血が流れ続けている額の切り口の両縁を丁寧に糸でつなぎ、剝き出しているところには膏薬を貼った。

木や屋根、階段から落ちて額に大怪我を負う、大工や鳶職《とび》、棒切れを刀代わりにして遊ぶわんぱくたちの手当てが得意な沙織は、この手の処置に手慣れていた。

最後に額と鼻を包帯で巻き、顔の血を拭き取った。

麻酔から醒めた鼻欠け様は、

「やはり、痛い」

疼く傷の痛みを訴えたものの、

「だがうれしい」

包帯の上から鼻を何度も撫でた。

離れの病室を出た克生と沙織が、毎月、据物師小田孝右衛門が欠かさず届けてくる京菓子と茶で休息を取ろうとしていると、

「大変だあ」

下足番の老爺が、患者が戸板で運ばれてきたと報せてきた。

「すぐにここへ」

克生は治療処の襖を開け放った。

腹を抱えて唸っている患者は二十歳代半ばの男で、

「あら、正吉さん」

沙織が目を瞠ると、・

正吉は薄目を開けてすがるような眼差しを向けた。

「せ、先生」

「どうにも、あれから腹の具合が悪くて——」

「沙織さんが診た患者か？」

克生は沙織に訊いた。

「ええ、一月半ほど前、ちょうど先生がおいでにならなかった時、わたくしが診ました」

「病名は？」

「風邪による腹中《ふくちゅう》の不調のようでしたので、薬を与えました。このように悪くなってしまったのなら、診立て違いかもしれません。じわじわと続く虫垂炎もあります。留吉さんのように重い病だったら——」

沙織は青ざめた。

「診よう」

克生は正吉の腹部を触診すると、

「手術ですか？」

すぐにも支度をしようとしている沙織に、

「その必要はない」

「それでは何の薬を？」

「そうだな――」

首を傾げたところで、

「善田屋さんから、お使いの方がいらっしゃいました」

また、報せが入った。

「沙織さんに任せる」

克生は立ち上がって治療処を出た。

客間で待っていた善田屋の大番頭利平《りへい》は、

「この通りでございます。すぐにてまえどもまでおいでください。このままでは、旦那様と若旦那様が人ではなくなります。昨年末から年明けにかけては、ただただもう地獄の日々でございました。こっそり、何人ものお坊様や祈禱師《きとうし》を頼んで、有り難いお経をあげていただいたり、憑きもの取りをお願いしましたが、何の御利益《ごりやく》もございません」

畳に白髪頭をこすりつけた。

「人ではなくなるとは、いったい、どのような病なのです？」

「それはおいでいただいて、会っていただければわかります」

こうして、克生は薬籠を手にして利平が待たせていた駕籠に乗った。

蔵前にある善田屋は遠目にも繁盛のほどが知れる賑わいで、店構えも堂々と広く、まるで城が商家になり変わったかのように見える。まさに我が世の春といったところである。

「お待ちいたしておりました」

番頭の一人が迎えに出てきた。

「別々の所に入っていただいていた旦那様と若旦那様は、大丈夫であろうな？」

「それが――。若旦那様が旦那様のいる部屋に気づかれ、また、殴る、蹴るを続けられたので、今は若旦那様だけ、鍵のかかる土蔵に入っていただいております。お二人はもう、人の言葉を話しません」

「病はますます酷くなっているのだな」

大番頭はぽつりと呟いて、

「お願いでございます。先生、お助けください」

克生に向かって深く頭を垂れた。

「まずは人の言葉を話さぬという二人を診せてください」

「わかりました」

突然、凶暴になったという若旦那の松太郎を診ようと、克生は土蔵に入った。さっきから土蔵からは、うーっ、わんわん、うーっという犬の怒った鳴き声が聞こえている。

後ろ手に利平が土蔵の扉を閉めたとたん、松太郎の大きな身体が克生めがけて突進してきた。

二

〝うーっ、うーっ〟

松太郎の口からは、獰猛《どうもう》な犬の唸り声が発せられている。克生は、相手の顔を横向けにして、鳩尾《みぞおち》に向けて拳を突き出し、素早く片膝も同様に打った。ふーっという荒い息を吐いて松太郎は土間に横たわったまま、ぴくりとも動かない。

「先生――」

松太郎を案じた利平が怯えた声を出した。

「千数えた後には気が戻りますから、心配はありません。わざと膝を痛めて、立ち上がるのを難儀にしておいたのは、ここへ三度の膳を運ぶ者が襲われないためです」

土蔵を出た克生は松右衛門のいる部屋へと案内された。松右衛門は紫檀《したん》の文机《ふづくえ》の上で丸くなっていた。猫になってしまった証に、克生と目を合わせると、怯えた様子でにゃーおと一鳴きして、ぶるぶると震えている。犬になった松太郎と違って襲ってくる気配はない。

「松右衛門さん」

克生が呼びかけると、

〝にゃーお、にゃーお〟

と続けて鳴いたが、その声音《こわね》はどことなく悲しげであった。

「松右衛門さん」

もう一度呼んだが、松右衛門はもう何も応えずに両目を閉じた。

改めて、善田屋の客間に通された克生は利平と向かい合った。

「松右衛門さん父子が、あのような様子になったのはいつからです？」

善田屋の主松右衛門は臆病な猫に、跡継ぎの松太郎は獰猛な犬に、取り憑かれてしまっているかのように見える。

「年末のことです。木挽町からお帰りになった翌朝、てまえが旦那様の部屋にまいりますと、旦那様は布団の上に蹲り、声をお掛けしても、〝にゃあー、にゃあー〟と鳴き続けるだけでした」

「松太郎さんが鳴いて襲いかかるようになったのも同じ頃でしたか？」

「旦那様が猫に取り憑かれたすぐ後のことです。若旦那様はいつものように、朝の挨拶に旦那様の部屋に行かれて、〝おとっつぁん、おはようございます〟とおっしゃり、旦那様が〝にゃーお〟と応えると、顔色が真っ青になりました。でも、その後、いつもの朝のように、旦那様と並んで朝餉の膳を召し上がっていました。すると、突然、〝うおーっ、わん〟と、鬼を思わせるような犬の鳴き声を上げて、旦那様に襲いかかったのです。あわててお二人を引き離しましたが、まるで、犬のように臭いを敏感に嗅ぎ分けられるようになった若旦那様は、〃うおーっ、わん、わん〃と鳴き続けて暴れ、隙あらば旦那様を襲おうとなさるので、今は、土蔵に入っていただいております」

「松太郎さんに襲いかかられた時の松右衛門さんの様子は、猫そのものでしたか？」

「はい。丸くなって背中を蹴られていました」

「子が親に手を上げるというのは聞かぬ話だが、しつけのために父が子を心ならずも殴ることはある。松右衛門さんが松太郎さんを折檻したことはありませんでしたか？」

「折檻というほどのことではありませんでしたが、お内儀様が亡くなる前は、旦那様もここまで甘い父親ではなかったように思います。お小さかった若旦那様が、買ってもらったばかりだというのに、飽きて、新しい独楽《こま》をねだった時、〃駄目なものは駄目だ〃と撥ねつけられ、若旦那様はべそをかいておられました。もとより、旦那様は自他共に厳しいお方なのです」

「そんな松右衛門さんが、なぜ食べ物にまで節度なく松太郎さんに我が儘をさせるようになったのでしょう?」

そろそろ思春期にさしかかる年頃の松太郎は、片時も菓子の類を離さず、食べ続けていて、饅頭の化け物のように肥え太っている。

「それはやはり――」

利平は目を伏せた。

「お内儀様が亡くなられて、不憫に思われてのことでございましょう」

「お内儀さんはどうして亡くなったのですか?」

「流行風邪でございました。その年は秋から質の悪い風邪が流行っておりまして、お内儀様はあっという間に亡くなられたのです」

利平は目を上げず、

「お願いでございます。旦那様と若旦那様をお助けください。このまま、お二人が犬や猫になってしまうのかと思うと、お気の毒で見ていられません」

またしても畳の上に頭をこすりつけた。

「本当のことを話してくれないと助けることはできません」

言い切った克生は席を立った。

「それは――」

　上げた利平の顔は躊躇している。

「話す気になったら、また、わたしを呼んでください。ところで、二人は犬や猫のようになっても、箸で膳のものを食べ、厠《かわや》で用を足せるのでは？」

「よくご存じで――」

「ならば、これは病です。犬や猫になってしまうことはありません。命に関わるようなこともないはずです」

　そう言い残して善田屋を出た克生が、木挽町へ戻ってみると、

「小田様と倉本様が揃ってお見えです」

　沙織が待ち受けていた。

「急を要する患者は？」

「特におりません」

「それでは診療はあなたに任せよう。そういえば、正吉はどうした？」

「前回と同じ薬を与えて、しばらく休ませた後、帰しました。本人が大丈夫だと言うので」

「そうか。それでよい」

「でも、もしもということも――」

沙織が不安を口にしても、克生は何も応えなかった。

克生は客間の障子を開けた。とたん、ぴんと張り詰めている部屋の空気に気がつき、自身も緊張した面持ちになった。

「どうしたのだ?」

「今日、ここにいるのは大事なお役目ゆえだ」

和之進が話の口火を切った。

「事件か――」

克生の口調になつかしさが混じったのは、十年前、三人で盛んに市中の難事件を解決していたことを思い出したからであった。

「許し難い事件が起きている」

和之進の言葉に孝右衛門が無言で頷いた。

「孝右衛門が一緒のところを見ると、事件は辻斬りであろう」

克生はずばりと言い当てた。

据物師で刀の試し斬りもする小田孝右衛門は、骸につけられた刀傷から刀を特定することができる。

「使われている刀は叢雲丸《むらくもまる》、昨年、骨董屋尚新堂《しょうしんどう》から頼まれて、鑑定したことがありました」

「殺された者たちの名は？」

克生は人が斬られたと思い込んでいる。

「たしかに市中のものには違いないが、飼われている犬や猫だ。このところ、三件も立て続けに起こっている」

和之進は克生の思い違いを正した。

「犬や猫とはいえ大事な命です」

孝右衛門は、日頃垂れている目を怒りで吊り上げた。

三

孝右衛門が検分したのが犬や猫の骸だったとわかった克生が、

「これだけですむとは思えない。犬猫は人の代わりに斬り捨てられているのだ」

と断じると、

「そうだ」

和之進は大きく首を縦に振って、

「だから、そうなる前に何としても、この不埒《ふらち》な奴を捜し出さなければと思っている。力を貸してほしい」

「わかった。詳しい話を聞かせてくれ。ところで斬り殺されていたのは野良犬、野良猫であろうな」

「いや、どれも飼い犬、飼い猫だ。野良の類が斬り殺されたからといって、奉行所に届けられはしない。可愛がっていた犬や猫を無残な目に遭わされたので、その骸を抱いて、何とかしてくれと、奉行所に駆け込んでくる。その中には犬や猫好きで知られている、大店の囲い者もいて、急ぎ、下手人を捕らえるよう上は命じたのだ」

「ところで名刀叢雲丸を買った者の名は？」

克生は鋭い目で孝右衛門を見た。

「すぐに訊ねてみたのですが、一月ほど前、若党が主の名を伏せて、買って行ったとしかわかっていません。これでは何の手掛かりもないのと同じです」

孝右衛門は頭を抱えた。

「いや、そんなことはない。若党が買って行ったからには、下手人は、れっきとした武家だとわかったし、決まって、飼い犬、飼い猫が斬り殺されるというのは、下手人が市中をうろついて狙いを定めている証だ」

克生の言葉に、

「言い忘れたが、狙われたのは、犬と猫の両方を飼っている家だった。一度に犬猫が斬り殺されている」

と和之進はつけ加えた。

うーむと唸って腕組みをした克生は、

「犬と猫はとかく不仲なことが多いし、飼い主も犬好きと猫好きに分かれるものだ。市中で両方を慈しんでいる家はそうはあるまい。となると、一度に犬猫の両方を斬り殺すことに拘りのある下手人の心の闇は深く、昨日今日、思いついた仕業ではないような気がする。今までに似たような事件は起きたことはないのか？」

和之進に訊いた。

「八年ほど前によく似た事件が起きている。その時使われたのも叢雲丸で、三軒もの家で、飼い犬と飼い猫が同時に斬り殺された。今回同様、飼い主たちが奉行所に押しかけてきて、調べが始まったが、結局、下手人をお縄にすることはできなかった」

「どうやら、名刀に手掛かりがありそうだ。二人で手分けして、叢雲丸を若党に売ったという尚新堂と、八年前、叢雲丸を売った骨董屋、二軒に頼んで、売買の得意先を調べてきてほしい。おそらく、どちらにも顧客として名を連ねている者の中に下手人はいる」

診療所を辞して歩き出した二人は、どちらからともなく顔を見合わせて、互いの顔に緊張と笑みが、心地よくこぼれていることに気づくと、

「不謹慎かもしれませんが、事件に関わって、久々にあの方を身近に感じました」

孝右衛門が、ふと洩らし、

「医術だけではなく、この世の非道を糺してこそ、我らが里永克生なのだ」

和之進は高揚した顔で呟いて、二手に分かれた。

二人が帰ってほどなくして、大工が診療所に簪《かんざし》売りの若い女を運び込んできた。

「生臭《なまぐせ》え臭いがしたから、最初は斬られて死んでるんだと早とちりしちまった。で

も、よく見たらそうじゃねえんだ。ぐるっと見回すと、枯草の間に犬と猫の骸が見えた。ぐっしょりと血にまみれてて、犬猫とはいえぞっとしたぜ」

治療台に寝かされた若い女は、血の気の失《う》せた顔をしているが、気は取り戻している。

「あのよう」

大工は帰り際に沙織に囁いた。

「簪売りはたしか、おりんって名だよ。見つけた時、どこにも傷はなかったけど、裾は乱れてて血が付いてたから、たぶん――。可哀想に、おりんはまだ生娘だったんだ。あんたは先生だが女だろ。女は女同士、話もしやすいだろうし、慰めてやってくれ」

この大工の思いやりの言葉がことさら胸に響いて、沙織は思わず涙ぐんだ。

「もちろんそうします」

沙織から事情を聞いた克生は、

「処置は任せる。これとこれを嗅がせて、好きな方を煎じて飲ますように。どちらを選んでも、心の傷を癒やす助けになるはずだ」

ヘボンから貰い受けた、ヒロハラワンデル（ラベンダー）とカミツレ（カモミール）の乾燥花の入った袋を渡して、

「何としても、そのおりんに気を取り直してもらって、くわしい話が訊きたい」

強い目で念を押した。

「ええ、でも、このような時に無理強いは酷です」

たまらない気持ちで沙織は抗議した。その顔はやや青ざめていて、深い怒りと悲しみに彩られている。

克生は珍しく自分の命《めい》に従順でない沙織に、

「おりんに手掛かりを聞いて、早急に下手人を捕らえねば、犬猫両方を飼っている家だけが恐れ戦くのではなく、市中の女たちは湯屋にも行けぬようになる」

と説いた。

「わかりました」

承知した沙織は、おりんの身体を清めた。

おりんは自ら選んだヒロハラワンデルの煎じ茶を口にすると、

「あたし、もう大丈夫」

そう言い切って、顔をまっすぐに上げた。

「両親《ふたおや》が死んじまって親戚を盥回《たらいまわ》しにされてきたんだもん、今更、これぐらいのこと、どうってことない。菅笠《すげがさ》を被った背の高いお侍に出くわして、両手に提げてる首の皮一枚でつながってる犬と猫の骸から、ぽとぽと血が落ちてるのを見た時、金縛りに遭ったみたいに動けなくなった。そいつが両手から可哀想な骸を放り出した時は、もう、駄目だ、あたしも犬猫みたいに斬られるんだって観念した。だから、命があっただけよかったと思わなくっちゃ――」

そう言いながらも、ぽろぽろと涙を流して、

「でもね、あたしの夢は、いつかいい男《ひと》と出会って、あったかい家族を作ることだったんだよ。その男に、あたしの一番大事なものをあげるつもりだった。あたしがあげられるものなんて、それしかないもの。今、それがなくなっちまって、あたし、生きられるのかな。こんな目に遭うのなら、いっそ、あの犬猫みたいにされちまった方がよかったのかもしれない」

虚ろな目を宙に向けた。

「そんなことないわ」

沙織は激しく首を左右に振って、

「おりんさんには、殺された犬猫を憐《あわ》れむ優しい気持ちがあるんだもの。それさえあれば、必ずいい男と巡り会えるわ。生きてさえいれば、きっといいことがあるものよ。だから、今は前を向いて生きることだけを考えて」

いつしか涙声になっていた。

「生きてさえいれば――」

頷いて繰り返したおりんの目が、幾分輝きを取り戻して、

「そうだね。先生、ありがとう。その代わり、この先、あたしみたいな酷い目に遭う女が出ないよう、お役人に掛け合って、菅笠野郎をお縄にしとくれよね。きっとだよ」

四

沙織からこの話を聞いた克生がおりんに、見張られたり尾行られたりしたことはないか、前にも菅笠の男を見かけたことはないかと訊ねると、

「そんな様子はなかったよ。あの菅笠の男を見たのも初めてだった。ほんとに運悪く出くわしたって感じだったよ」

と答えた。

克生は、おりんのことを孝右衛門と和之進に報せ、診療所まで来てほしいと使いを出した。

二人は診療所の前で顔を合わすと、

「全く、けしからぬ事態になったものだ」

和之進は憤慨の極みにあり、

「わたしさえ、早く、骨董屋の顧客と下手人を結びつけて考えていれば、このようなことには――。全く面目ない」

孝右衛門は固めた拳でごつんと自分の頭を叩いた。

「お役目ご苦労様でございます」

二人に挨拶をすませた沙織は、この夜、おりんがぐっすりと眠りに入るのを待って診療所を出た。

三人が再び集まった。

孝右衛門と和之進が書き写した顧客の名を見た克生は、

「尚新堂と、八年前、叢雲丸が売られた骨董舗古錦屋の顧客たちで、両方に名がある者は五名、うち、四名までは町人だ。武家は本郷の旗本藤井《ふじい》策之介《さくのすけ》だけか――」

「本郷の藤井家といえば関ヶ原以来の名家で、当主は代々、剣術に優れていると聞いているが、泰平の世にあって、無役のままだ」

和之進が藤井家について知っていることを話している間も、克生はじっと顧客名簿に見入っている。

「町人たちは書画や瀬戸物を買いもとめているが、藤井家ではこれらを売る一方。無役で、決められた禄のほかに、これといった暮らしの手だてがないとすれば、長きにわたり売り食いの日々が続いていてもおかしくない。これまでに、尚新堂でも古錦屋でもない、別の骨董屋にも、先祖が遺したものを売り渡していたのかもしれぬ」

「尚新堂と古錦屋で、その昔、泣く泣く手放した先祖の名刀に出会い、これを買い戻したい気持ちはわからないではありません。ですが、なぜ、あのような穢《けが》れた所業に使わなければならないのでしょう？」

眉を寄せた孝右衛門の額に皺が寄った。

「藤井策之介とやらは犬猫と関わって心を深く病んでいる」

克生は言い切った。

「八年前から？」

孝右衛門が念を押すと、

「いや、おそらくもっと以前からであろう。理由があるとしたら、まずは生い立ち。八年前の犬猫斬りがその現れだ。生い立ちがどのようなものかは、本人に訊いてみなければわからぬが――」

「その手の辻斬りがぴたりと止んだのは、病が癒えたからであろう。それがまた、この期に及んで悪くなったのはなにゆえか？」

和之進は克生の顔に目を据えた。

「それも本当のところは、当人に訊いてみねばわからぬが、癒えるも、再度病魔に冒されるに至るも、それなりの事情あってのことと思う。今、気掛かりでならぬのは、簪売りのおりんにかけた毒牙の真の矛先だ。おりんの時に殺された犬猫はいずれも野良だった。おりんも運悪く出くわしただけと言っている。おそらく藤井は、犬猫の両方が飼われている家で、若い女がいる家を、まだ見つけていないか、機会を狙っているところで、野良やおりんに手を染めたのは、己の病んだ心がなせる、歪んだ欲情をどうにも抑えきれなくなったからだろう。藤井策之介の目的は、飼われている犬猫を斬り捨てた後、その家の若い女を我が物とすることにある」

すると、和之進はぶるっと肩を震わせて、

「沙織さんの屋敷でも犬と猫が飼われている」

真っ青になった。

「まさかとは思うが、沙織先生が危ない」

孝右衛門の声は悲鳴に近かった。

「急ごう」

三人は、とっぷりと暮れた夜の闇の中へと駆け出して行った。

薬草園を持つ三枝家は広い敷地の中にぽつんと建っている。門は開け放たれたまま、玄関まで続く暗さが何とも不用心だった。

「犬がいるとなれば、屋敷の中へは入れない。ここで見張ることにしよう」

冬でも葉をつけていて、穏やかな効き目の万能薬にもなる、野生の忍冬《にんどう》（スイカズラ）の茂みが門の前に広がっている。三人はそこへ身を隠した。

しばし、互いの息遣いだけが聞こえる。一刻半（約三時間）が過ぎた頃、

「来た」

風とは異なる気配を察知して、克生が呟いた。

三日月とあって月明かりは薄い。鍛え抜かれて筋骨逞しい大男の背中が門の中へと吸い込まれていく。菅笠は被っていないが、腰にはどっしりと刀を帯びている。

〝わん、わん、わん〟

犬が大声で鳴きだした。

「行くぞ」

三人は大男の後を尾行るように三枝家へと入った。

〝わん、わん、わわん、うーっ〟

男が犬の鳴く方角へと跳ねるように走った。脱兎《だっと》のごとき俊敏さで、克生たちは、続いている犬の鳴き声だけを頼りに追った。

追いついた時には、裏庭の大きな松の木の下で盛んに鳴き続けている白い犬の前に、沙織が庇うように立ちはだかっていた。

「これ以上、生きものへの殺生は許しません」

沙織の声が夜の静寂に凛と響く。

咄嗟に男の後ろ姿がたじろいだように見えたが、次の瞬間、みゃぁーっと三毛猫がすぐそばの塀の上で一鳴きした。男が刀を抜き放って三毛猫に振り下ろそうとしたのと、孝右衛門が渾身の力を込めて後ろから体当たりをしたのは、ほとんど同時であった。男は不意を突かれて前に倒れた。

和之進が素早く、男の手から刀を奪い、みゃみゃーっと鳴いて怯えていた三毛猫は、沙織の腕の中に逃げ込んだ。

「おのれ」

怒りと捌《は》け口《ぐち》を封じられた欲望のせいで、立ち上がった男の顔が夜目にも真っ赤であるのが見てとれた。

「よくも」

唸って剝き出した大きな犬歯が鬼の歯のように見える。

「おーっ」

怒声を上げて、男の巨体が克生に向かって突進していく。拳を固めて克生に殴りかかろうとしたが、頭一つ背丈が低い克生が片袖からひょいと手拭いを出して、上へ放り投げると、次には両手で男の耳をぱんぱんと叩いて挑発した。

男の怒りは骨頂に達し、次々に拳が振り下ろされたが、克生は巧みに躱していく。そして、ついには男の鳩尾に会心の一発を食らわし、男がのめり込んだところで、顎に一発きめると、男はどうと大きな音をたてて地面に倒れた。

「大丈夫だ。当分、耳鳴り程度は残るだろうが、これしきで骨は折れてはおらぬ。おまえの顔が赤かったのは、心が熱を出していたからだ。この荒療治で熱さえ鎮まればきっと、人の心を取り戻せる」

克生は顔から赤味が失せた男の介抱を始めた。

五

「おまえは藤井策之介だな」

気を取り戻した男に克生が念を押すと、

「そうだ」

男は短く答えた。

「なぜ、こんなことをしたのか」

と続けて訊ねると、藤井策之介は、自分の犯した罪を語った。

「両親は仲睦まじかった。拙者が父の顔を知らぬのは、母の安産祈願の帰り、父が神社の石段から足を踏み外して亡くなったからだ。奇しくもその日、拙者が生まれた。父の死を知った母は、乳が出なくなり、拙者を抱こうともしなくなった」

「子を産むという大事をなした後、見舞われた悲運に呑まれて、お母上の心が病んでしまわれたのでしょう」

克生は言い当てた。

「長じても母は拙者をそばに寄せ付けず、犬や猫を飼って、これみよがしに溺愛した」

藤井の声がこれ以上はないと思われるほど湿った。

「八年前、死の床に臥《ふ》した母は、〝そなたのせいで、わたしは女の幸せをなくした。この恨み、死んでも忘れませんぞ〟と薄ら笑いを浮かべた。そんな母が鬼籍に入ると、飼っていた犬猫を人手に渡した。しかし、毎夜、母と犬猫が楽しく戯れる夢を見るようになった。人手に渡さずに斬り捨てておけばよかったのだと気づき、以前、母が売った名刀叢雲丸を買い戻し、市中で犬猫両方を飼っている家を突き止めて、ことに及んだ。叢雲丸は、武勲で名高い藤井家の誉《ほま》れであり、藤井家にあってしかるべきものだ。嫡男を大事にせず、藤井家にそぐわなかった母の所業もこれで斬り捨てられたはずだった。しばらくは悪夢がおさまった」

「なにゆえ、八年間、何事もなく過ごされたのですか？」

「乳母の孫娘だ。その孫娘は、あろうことか、一途《いちず》に拙者を慕ってくれたのだ」

悲《ひ》愴《そう》感《かん》の漂っていた藤井の顔にほんのつかのま、明るい日ざしが降りそそいだように見えた。

「なるほど、よき伴侶に恵まれていたのですね。それが以前のようになったのは、最愛の奥方様を亡くされたからではありませんか？」

頷いた藤井の顔は再び暗鬱《あんうつ》に浸された。

「子のできぬことを引け目に思っていた妻は、やっと身籠ったものの、臨月にも至らぬうちに、突然、死んでしまった。駆けつけた医者は、腹の中の育つべき所で子が育っていないために起こる病が因で、救える命ではなかったと言ったが、拙者には死んだ母の高笑いがはっきりと聞こえた。ほら、見たことかと嘲笑《あざわら》い、〝そなた一人、幸せになどさせるものか〟と呟いていた。嘲笑いに同調するように犬猫が鳴いていた。〝ふあん、わんわん〟〝みぃー、みみぃ〟、これが今もまだ耳を離れぬ。

拙者は蔵にあるはずの叢雲丸を探した。だが、見つからなかった。盗まれたと知り、益々、母、犬、猫への憎悪がつのった。やっと尚新堂にあるのを見つけた。そして、気がついた時は再び、犬猫斬りを始めていた。尚新堂で叢雲丸を見つけ、御先祖様からの命に違いないと思おうとしたのは、勝手な後付けにすぎぬ。御先祖様とて、常人ではなくなった子孫に、家を潰されたくなどあるまい」

藤井は先祖の嘆きを思って目をしばたたかせて、

「そちたちに最後の頼みがある」

濡れかかった目でまずはじっと克生を見つめた。

「拙者の悪行を突き止め、さんざんに殴って、病んだ心から鬼を追い払ってくれた礼を言いたい。あれはまさに浄化の拳だった。そうしてくれなければ、拙者はこの先、どれほどの悪行を繰り返していたことか——。おそらく、拙者のこの病は死ぬまで癒えず、生きていれば、犬猫のみならず、人にまで災いをもたらすものであろう」

藤井の目は和之進の十手《じって》に移った。

「武家とはいえ、市中での狼藉《ろうぜき》は町方の役目と承知している。しかし、今、ここで縄を打つのだけはやめてもらえぬか。時を貰って、藤井の家の跡継ぎとなる養子を定めたいのだ。御先祖様だけは粗略にできぬ。その後は、少しも惜しくないこの命、自分で始末をつけるつもりでいる。どうか、武士の情けをかけてくれ」

「それはあまりに身勝手な言い分だ」

和之進は怒りをあらわにした。

「これまでのことは、すべて病が引き起こしたことだ」

克生がおもむろに口を開いた。

「しかし、こいつは沙織さんを――」

「藤井殿は人の心を取り戻そうとしている。今までのことを深く悔いている。この種の病に冒された者が己の心と向き合い、悔いるというのは難しいことなのだ」

言い切った克生は藤井を見つめた。

「藤井殿、命は大切なものです。一人に一つしかないからです。犬猫であっても同じです。生きたくても生きられない者もいます。だから、病を完治させなくてはいけない」

和之進、孝右衛門、沙織、そして藤井も静かに頷いた。

しかし、如月《きさらぎ》に入って間もなく、藤井策之介は自らの悪行と命の始末をつけた。

一方、犬と猫に取り憑かれてしまったかのような主父子を案じて、善田屋の大番頭利平がたびたび克生を訪れた。

当初、知っていることを余さず話すようにと言っていた克生も、このところは、

「まあ、今しばらくは二人とも犬猫でよいのではないですか？　利平さんがいれば、何とか、商いが運ぶのではありませんか」

利平を持ち上げたり、

「常に何人もの奉公人たちに取り囲まれていれば、主の松右衛門さんや若旦那の松太郎さんとて、傍《はた》からはうかがい知れない気疲れがあってもおかしくありません。犬猫でいる分には周りを気にしないで、伸び伸びと振る舞えるのですから、悪くない保養かもしれませんね」

ははと笑って、その話を避けてきた。

そんな克生だったが、藤井策之介の身の始末を聞き及ぶと、すぐに利平を呼んで、

「本当に二人を元通りにしたいのなら、お内儀さんが亡くなった時のことを、隠し立てなく話してください」

話を促した。

「話してよろしいんですね」

利平はほっとして思わず、大きなため息を洩らした。主父子を元に戻すためには、藁《わら》にもすがりたい思いの利平は、話すしかないと覚悟を決めていたのである。

「扇子屋のお嬢様だったお内儀様は、あの何事も一番でないと気がすまない旦那様が、是非にと迎えたお方ですから、それはそれはお美しい方でした。〝今時、あんないい女房はいない〟というのが、旦那様の口癖でした。旦那様は話好きで、お内儀様は聞き上手、内気で大人しく口数の多くないのも旦那様好みだったんです。そして、ご夫婦とまだお小さかった若旦那様は月に一度、向島の寮へ二日か三日おいでになっていました。お内儀様が亡くなったのは、師走の慌ただしさの中、向島でのことでした」

「流行風邪などではありませんね」

「はい。突然、姿が見えなくなって、家中を捜されたそうです。するとお内儀様は、使われていない部屋の梁にぶらさがって亡くなられていたんです」

「向島に奉公人は？」

「住み込みで老夫婦が雇われていました」

「犬と猫を飼っていたはずです」

六

利平は八年前、向島にある善田屋の寮で飼われていた犬と猫の話を始めた。

「寮番の老夫婦は時折、娘の嫁ぎ先を訪ね、泊まってくることもあり、自分たちのいない間の留守番代わりにまず、犬を飼いました。次に、野良の雌猫が居着いてしまいました」

「その犬と猫はどうなりました？」

「いなくなった、と旦那様から伺いました」

「犬猫のことはそれっきりでしたか？」

「去年の梅雨時、寮の裏庭の桜の木の植え替えで、根元を掘り下げた折、二体の生きものの骨を見つけました。犬と猫と思われるものだったそうです」

「松右衛門さんに話したのですか」

「いえ、黙っておりました。犬か猫、どちらかが若旦那様かお内儀様に噛み付くか、爪を立てるようなことをして、見かねた旦那様が始末し、桜の木の根元に埋めたのではないかと思ったからです。旦那様のご気性ならあってもおかしくありません」

翌日から克生は善田屋へ通い始めた。そして、猫の松右衛門に会い、みゃーと挨拶されるとすぐに、

「お内儀さんをあのような目に追いやった張本人の犬猫斬りの藤井策之介は、罪を認めて深く悔いた挙げ句、謝罪に代えて自裁して果てました」

と告げて、なにゆえ藤井が悪行に走ったかの理由を話した。その時、松右衛門の目が驚いた。翌日、克生が同じ文言を繰り返すと、やはり、また驚き、三日目にはもう、みゃーと挨拶しなくなった。四日目になると、

「具合でもお悪いのか、食事時にさえ鳴かず、好物をお出ししても箸を手になさい

ません」

主思いの利平がおろおろしていた。

五日が過ぎた。克生が障子を開けると、松右衛門は紫檀の文机の上から下りて、畳に正座して克生を待ち受けていた。

「このたびはお世話をおかけいたしました。朗報をありがとうございました」

松右衛門は人に戻っていた。

「八年前のことを話していただけますね」

「はい。そうすれば、わたしが人に戻れたように、松太郎も犬ではなくなるのでしょうか？」

「そう信じます」

「それでは、今すぐ、松太郎をここへ呼んでもよろしいでしょうか？」

「松右衛門さんの話は、わたしが松太郎さんに伝えるつもりでした」

「また襲われるのは、覚悟しております。ですが、わたしとしては一刻も早く、松太郎を人に戻してやりたいのです。親の因果があの子にまで及ぶなど、あってはならないことです」

松右衛門は唇を嚙みしめた。

大柄で力自慢の手代二、三人が土蔵から松太郎を連れ出してきて、松右衛門の声が聞こえる廊下に押さえ込んだまま座らせた。

〝うーっ、うーっ、わんわん、わわわん〟

まだ犬のままの松太郎は、威嚇《いかく》の鳴き声を上げた。

「あの日、何があったか、話してください」

克生は松右衛門を促した。

「あれは師走も押し迫った日の昼日中、向島でのことでした。寮番の老夫婦を娘の婚家へ行かせ、わたしたち親子は飼っていた犬と猫と縁側の日溜まりの中で戯れていました。今思えば、まさに幸せの絶頂でした。その時、ぎーぃと裏木戸の開く音に気がつきました。吹き出した風のせいだろうと思いましたが、犬と猫が裏木戸へ走って行くのを見て、誰か来たとわかりました。犬だけではなく猫までも行ったのだから、馴染みの魚屋に違いないと女房が言い、〝今日は何を持ってきたのか楽しみだな。のぞいてみるか〟とわたしが立ち上がろうとすると、女房が〝旦那様はこちらで。魚屋にはあたしが〟と軽くわたしを制しました。女房に任せることにして縁先に目を転じると、菅笠を被った侍姿の大男が、音もなくぬうっと現れて目の前に立ったのです。手にしている刀からは血が滴り落ちていました。それを見たとたん、わたしはぞっと身の毛がよだって、家族もろとも、闇が大きな口を開いている穴の中に落とされた気がしました」

「あなたは精一杯、お内儀さんや松太郎さんを守ろうとなさったはずです」

「いいえ、守ることなぞできはしませんでした。わたしはただただ、そのお侍の前に這いつくばって、〝金なら幾らでも出す。親子三人の命、命だけは助けてほしい。この通り、この通り〟と頭を縁側にこすりつけ、声が嗄《か》れるまで繰り返しただけなのですから」

「しかし、相手は物盗《と》りではなかった」

頷いた松右衛門はうつむいて、

「お侍は一言も発さず、しばらくじっと油に濡れたような目で、真っ青な顔で震えている女房の方を見ていました。嫌な予感がしました。すると、お侍は僅かに顎をしゃくり、わたしに指図しました。女房を残して出て行けというのです。わたしは松太郎を抱きかかえて庭に出ました。この先、何が起きるか、重々わかってはいましたが、これしかない、これしかもうないのだと、自分に言い聞かせて、裏へと走りました。少しでも遠くへ行きたかったんです。女房の身に起きることを思うとたまりませんでした。ところが、裏木戸では、ついさっきまで愛くるしかった犬猫が、冷たい骸に成り果てていました。これを目にした松太郎がわんわんと大声で泣きだしました。咄嗟に手で松太郎の口を塞ぎました。松太郎は怒った目で思い切り、わたしの掌を嚙みました。わたしは決して手を離さず、小さな犬歯が食い込んだ痕はほれ、このように――」

右掌の古傷を見せた。

〝わおん〟

松太郎が一声、もの悲しい鳴き声を上げた。

「お侍が立ち去った後、犬猫の亡骸を桜の木の下に埋めました。すべては夢幻、なかったことにしたかったからです。女房と口をきかなかったのは、あんな目に遭わせてしまった引け目もありましたが、まずは、そっとしておいてやりたかったからです。それが裏目に出て、思い詰めた女房は死を選び、以来、わたしは何度となく、悪夢のようなあの出来事を夢に見ます。松太郎に甘い一方なのは、あの子から母親を奪った罪が自分にもあると思えてならなかったからです。わからないのは、今になってどうして猫になってしまったのか、おまけに松太郎まで犬になったのか――」

松右衛門は首を傾げた。

「それはおそらく、わたしの過ちを糺すべく診療所に押しかけてきた浪人者に、あなたまで脅された時、またしても繰り返した命乞いが引き金になって、悪夢の中に引き込まれたゆえでしょう。常日頃から、あの事は忘れたいという気持ちが強かったので、あなた自身ではなく、殺された猫になり代わってしまったのです。松太郎さんの方も猫になったあなたを見て、幼かった頃の惨事が蘇った。犬になったのは、あなたに嚙み付いたことを思い出した上に、ほかの者には人一倍高圧的で厳しいくせに、自分にだけ甘い父親が不可解で、よそよそしく、腹立たしく感じていたゆえでしょう。松太郎さんは、時には、過ぎた我が儘を叱ってほしかったのですよ。肌と肌とでわかり合う――親子とは本来そうあるもの」

克生が言い切ると、

「おとっつぁん」

人に還《かえ》った松太郎が駆け寄った。

「守ってくれてありがとう」

掌に傷痕のある松右衛門の右手を両手で包むように握りしめた。

「許してくれるのか」

松右衛門はむせび泣いた。

どこからともなく芳しい香りが流れ込んできた。

「おっかさんは梅の花が好きだったね」

松太郎に相づちをもとめられた松右衛門が頷くと、

「お二人の心が通じて、きっと、あの世のお内儀さんも喜んでいるはずです」

克生は微笑んだ。

七話　瓢箪から駒

一

沙織の父で医師の三枝玄斉が診療所を訪れたのは、雛の節供も終わり、桜の開花が待ち遠しいある春の昼下がりのことであった。

「今日は娘が往診に出ているると聞いたのでまいった」

客間に通されていた玄斉は、障子を開けて入ってきた克生に形ばかり頭を下げた。心持ち顔をしかめたのは、克生が酢の臭いを纏っていたからである。

「治療の折、酒ばかり用いていては高くつくので、手を清めるだけなら、酢もよいのではないかと思いついた次第です」

察した克生は言い訳をした。

向かい合ったものの、玄斉はじっと克生を見つめているだけで、口を開こうとしない。

「茶が冷めてしまいましたね。すぐに替えさせましょう。菓子はいかがです？　たしか、到来物のさくら羊羹があったはずで――」

孝右衛門から、月毎《ごと》に変わる伊勢屋の京菓子が届いていた。さくら羊羹は、塩漬けにした桜の花と細かく刻んだ葉を羊羹に混ぜ込んだ、風流にして典雅な味わいで、まさに時季の先取りであった。

「いや、結構」

玄斉はにこりともせずに断ると、

「娘沙織のことをお聞かせいただきたい」

「よく務めてくれています。この分なら、そちらへ戻られても、父上玄斉先生のよき右腕となるはずです」

「沙織はここへ弟子入りする前も、わたしのなくてはならぬ助手であった。いや、縫合にいたっては、わたしよりも格段に優れていた。診立てといい、手術といい、ほかの弟子たちで沙織の右に出る腕前の者などおらぬわ」

玄斉は憤然とした面持ちを向けた。

「もしや、沙織さんがここでわたしの手助けをしているのがご不満なのでは？」

克生はこれは大変だと仰天した。沙織がいてくれたから、安心して居留地へ出かけられたのだし、和之進や孝右衛門のもとめに応じて、市中の治安のために、捕り物まがいもやってのけられたのである。今や、三枝沙織は里永克生診療所になくてはならない存在であった。

「そもそも、ここへ弟子入りしたのは娘の勝手で、わたしが是非にと勧めたのではない。父としてこれは、はなはだ不満である。にもかかわらず、沙織ときたら、毎夜、夕餉の膳で、あなたのことばかり話しておる」

玄斉は克生を睨み据えている。

「自惚れを承知で申しあげますが、玄斉先生は沙織さんの心がこのわたしに傾いているとお思いのようですが——」

「そうだとしか思えない」

ここで玄斉はしかめっ面を止め、打って変わって、本来の持ち味である人なつこい笑みを浮かべた。

「たとえ法印、法眼の称号がなくとも、よき診立てと腕あってこそ、医者というもの。沙織の気持ちに添うのも親心だ。あなたもそのように思うことであろう」

自信たっぷりに相づちをもとめられて、克生は答えに詰まった。玄斉は、克生も沙織に想いを寄せていると、信じ込んでいるとわかったからである。

するど玄斉はこめかみをぴくっと震わせて、

「まさか、我が娘を妻にできぬというのではあるまいな」

「沙織さんにはすでに好いた男がいます」

克生は真実を口にしたが、

「まさか。ここと我が屋敷とたまに患家に行くだけで、縁ができるわけなどない。我が娘が気に染まぬのなら、そうだと正直に言ってくれて構わない」

玄斉は納得しなかった。

「相手というのは患者の一人です。正吉と申す若者で、病が癒えた今は、どうしても残って働きたいと言って、沙織さんも是非にと推したので、ここで下働きをさせております」

「その者は医者ではないのか？」

咄嗟に玄斉の顔が怒りで赤くなり、次には失望で青く落ち込んだ。

「役者はだしの容貌で、頭も悪くなく、とにかく器用な若者です。包帯巻きから掃除、洗濯、庭仕事、厨のことまで、どんな用事もそつなくこなしますが、長く一つのことを続けるのは苦手なのだと見受けました。器用貧乏というのはこういう手合いでしょうか」

「おそらく、年齢も沙織より下であろう」

玄斉は嘆息した。

「ええ、おそらく三つ、四つは」

「患者の命に関わる薬を取り違えて皆の笑い物になっていた、沙織の前夫、高沢秋《たかさわしゆう》仙《せん》の時とまるで変わっていない。どうして、沙織はいつも、箸にも棒にもかからない、そのような輩《やから》ばかり好むのか——」

玄斉は青ざめたまま、ぽつり、ぽつりと呟き、

「いずれ、思い違いに気づくのではないかとわたしは思っています」

克生の言葉に、

「そうあってくれればよいのだが――」

訪ねてきた時とは別人のように憔悴《しょうすい》しきって玄斉は帰路に就いた。

この日、往診から戻った沙織は患者の病状を告げる前に、

「もしや、往診中、父がお邪魔しませんでしたか」

心掛かりを口にした。

「いや、お見えにならなかった」

克生は首を横に振り、

「ところで、胃の腑の病が末期に及んでいる徳兵衛さんに、変わりはなかったか？」

報告を促した。

「病が重くなると、心変わりしやすいものなのでしょうか。どうしても、ここへ入所したいと言っています」

徳兵衛は小さな青物屋を一人で商ってきた。妻に先立たれ、一人娘とは絶縁状態とあって、今まで、周りが幾ら勧めても、頑として、無料で医療が受けられる小石川養生所へ入ろうとはしなかった。

「それなら、小石川に行くようにと言ったところ、なぜか、今更、お上に迷惑はか

けられないと言い通すのです」

「ならば、すぐに迎えの者をやりなさい」

こうして戸板に載せられて入所してきた徳兵衛は、布団に身を横たえると、

「ここの掛かり（費用）だよ。後で八丁堀の旦那を呼んでもらえねえかな」

張りのなくなった声を精一杯振り絞ると、胸元から、小銭の入ったずっしりと重い袋を取り出して克生に渡した。

「理由を話してくれなければ呼べません」

「せめて、死ぬ前に悪行を話して、悔い改め、極楽へ行くためだって、そう言ってくれ」

早速、克生は定町廻り同心倉本和之進に使いを出した。

夕方近くに訪れた和之進は、

「さあ、話すがよい」

優しい目で病苦に苛《さいな》まれている老爺を労った。

「俺の娘をここへ連れてきてくれ」

この時、もとより、この徳兵衛が悪行を犯したとは信じていなかった和之進は、

得心がいった。

「悪行の懺悔《ざんげ》は方便にすぎぬな。娘とは絶縁していると聞いたが、要は死に水を身内に取ってもらいたいのだろう。独りで死出の旅に出るには、人は弱すぎる生きものだ。安心しろ、報せさえすれば娘はきっと駆けつける」

二

「俺の娘をここへ連れてきてくれ。娘は下谷《したや》の明正寺で手習いの女師匠をしてる。はつってえ名だ」

徳兵衛は悲痛ではあったが、奇妙にドスのきいた声を出した。

「連れてきてくれなければ、金輪際、犯した罪の白状はしねえ」

これではまるで、瀕死であるのを理由に、駆け引きが仕掛けられているようだと、いささか不快に感じた和之進は、

「明日、下谷まで報せにだけは行ってやる」

生真面目な人情家だけに憮然とした面持ちになった。

病室から出ると、

「克生先生からの言伝《ことづて》です。珍しくももんじ屋から牛の肉が入ったゆえ、鍋につきあわないかとおっしゃっておいでです」

廊下で待っていた沙織に声を掛けられた。

和之進は克生の料理した牛が美味いことこの上ないとわかっていたが、角《つの》が生えてくるような気がして、あまり得意ではなかった。

「沙織さんは相伴されるのですか？」

「ええ。この前、克生先生からご馳走していただいた、厚手の鉄鍋で焼き上げた分厚い牛の肉の味が忘れられませんもの。何とも不思議な濃い甘さで、手術をお手伝いした身体の疲れがいっぺんに吹き飛びました。今回は牡丹鍋や紅葉鍋のように、牛の肉を煮付けるのだそうです」

沙織は嬉々としている。

和之進は克生と沙織が向かい合って牛の鍋をつついている様子を目に浮かべて、知らずと苛立ちを感じた。

「それでは俺もいただくとします」

「そうなさいませ」

沙織はにっこりと笑い、こうして三人は牛の鍋で夕餉の膳を囲んだ。

「横浜仕込みか？」

和之進は七輪に載せられている、小さく薄い鉄鍋に目をやった。

「最初は居留地横浜の堤で、異人相手に牛の串焼きを売っていた男が考え出したものだそうだ」

菜箸を手にした克生は、火のまわった鉄鍋に、ぶつ切りにした葱《ねぎ》をぐるりと一周するように置き、両面に焦げ目がついたところで、最も強い火が当たる中ほどに、親指の先ほどの矩《く》形《けい》に切り揃えた牛の肉をひょいひょいと載せた。瞬時に肉が香り立つ。そこへ用意してあった赤味噌たれをまわしかけ、絡めるようにして仕上げると、克生流の牛鍋の出来上がりであった。

「相変わらず味が濃くて、胃の腑が重くなりそうだが、美味いには違いない。しかし、鍋というからには、牡丹や紅葉のように薄く切った肉を、甘辛味のたれでぐつぐつ煮込むものと思っていた」

一切れ口に運んだ和之進が意外そうに言うと、ももんじに通じている克生は、

「牛の肉は、数あるももんじの中でも、際立って旨味が強い。この素晴らしい旨味をさらに引き出すには味噌が合う。だが、牛肉に限っては、薄切りにして煮込むと、せっかくの旨味が損なわれて、身が締まって硬くなるばかりだと、堤の男から聞いた」

「このたれが決め手なのでしょうね」

沙織は箸の先に赤味噌たれをつけ、舐《な》めてみた。

「見かけよりも薄味なのは、昆布やかつお、酒、味醂等を煮詰めて、赤味噌に加えているからからかしら？　馴染みの煎《い》り酒でも代わりにできそうな気がします」

梅干しを酒で煮詰めて作る煎り酒は、醬油がなかった頃から伝わる、伝統的な調味料である。

「教わったこの赤味噌たれは、堤の男の秘伝ゆえ決して口外できぬ」

克生は神妙な顔で人差し指を唇に当てた。

「ところで、徳兵衛の悪事とやらをどう思う？」

克生は冷や酒の入った湯呑みを片手に料理を続けながら訊いた。

「真実とは思えぬ。だが、娘に会いたいだけのために、役人を呼びつけた真意がわからん。徳兵衛は、何やら、奉行所に恨みでも抱いているのやもしれぬな」

和之進は言い切った。

「でも、それなら、どうして、小石川養生所入りを勧めた時、〝今更、お上に迷惑はかけられない〟なんて言ったのでしょう？　あの言葉が偽りだったとは、わたくしにはどうしても思えません」

「娘おはつと徳兵衛の溝がたいそう深く、容易に埋められないからではないかと俺は思う」

「事情を伝えても、おはつは来ぬというのか？」

和之進は当惑気味に首を傾げて、

「親の死に目に会いたくないという娘なぞ、この世にいるものだろうか？」

「人の想いはさまざまですので、一人もいないとは言い切れませんが、薄情を通り越して親不孝だと知っていて、そのように振る舞うのは、よくよくの理由あってのことだと思います。ただし、わたくしは人の最期を看取る医者として、どんな事情があっても、今生《こんじょう》の別れの時、親子は一緒であるべきだと思っています。そうでなかった場合、子に後悔が残るのが常ですから」

沙織の言葉に、

「ならば、あなたも和之進と一緒におはつを訪ねてみてはどうか。信じるままに説得してみてはどうか」

「お許しいただけるとあれば」

「納得させて人を送るのも医者の仕事だ」

翌日の昼過ぎに、和之進と沙織は、下谷にある明正寺の境内《けいだい》を歩いて、本堂の離れにある啓明塾におはつを訪ねた。朝五ツ（午前八時頃）から始まる手習所は、八ツ時（午後二時頃）近くには終わり、あとは夕暮れ時まで、男の子たちはさまざまな遊びで時を過ごし、女の子たちは三味線や琴等の習い事に通う。

おはつは手習いの女師匠らしく、白地に藍《あい》色の格子縞の着物をさらりと着付けていた。中年増といった年頃ではあったが、女にしては肩幅がやや広く、上背もあり、勉学に多少の自負もあるのか、堂々として見える。優美に整った瓜実顔《うりざねがお》を持ち合わせていなければ、女男とはやされることがあってもおかしくなかった。襖のところどころに破れが見える寺の客間に二人は通された。

「どうぞ」

勧められた茶は、茶碗、茶托こそ磨き抜かれていたものの、啜ってみると緑の色だけだとわかった。

「金助長屋の徳兵衛さんはお父様ですね」

沙織がまず念を押した。

「青物屋の徳兵衛はおとっつぁんだった男です。その男がどうかしましたか？」

淡々とした口調のおはつは表情を変えなかった。手強《てごわ》い相手だと覚悟して、沙織が徳兵衛が明日をも知れない容態だと話し、和之進が件の話をして、

「夫婦の仲たがいは犬も食わぬというが、親子ともなればそれ以上であろう。過ぎし日に何があったかは知らぬが、許して三途《さんず》の川を渡らせるのが子の情と思う。そもそも、おまえが死に目に会ってくれないと、俺の役目が終わらんのだ」

穏やかに諭した。

するとおはつは目を伏せたまま、

「お見せしたいものがございます。しばしお待ちください」

つと立ち上がって部屋を出た。

三

「わたしの返事はこれでございます」

戻ってきたおはつは文箱の蓋を開けた。

中には風邪除けや火除け等の難除けの守り札と、金包みが詰め込まれていた。添えられた文には、〝たっしゃでな、おとっつぁん〞と拙《つたな》い字で書かれている。

「己が読み書きをよくするからといって、無学な者を見下すのは、手習の師匠とも思えぬ心ない態度だ。ましてや、徳兵衛はおまえの父ではないか」

和之進は諫《いさ》める眼差しでおはつを見据えた。

「おとっつぁんだった男は――」

おはつは徳兵衛をそのように呼び続けている。

「おっかさんが死んでしまってわたしが家を出てから、ずっとこのような物を届けてくるのです。おとっつぁんだった男からの施しだけは受けたくなくて、何遍も突き返したのですが、そのたびに戻ってくるので、仕方なくこうして溜めておいたのです。いずれ金子《きんす》はどこぞに施すとして、文は折を見て焼き捨てるつもりでした」

「生きているうちは、どうしても、徳兵衛さんには会わないというのですね」

「はい、そのつもりです」

沙織の目を見て、おはつはきっぱりと言い切った。

「理由を話してくれぬか」

和之進は十手をおはつの目の前に置いた。

「お役目でお訊きになるのですね」

「言うまでもない」

「わたしが子どもの頃、おとっつぁんだった男は留守がちでした。たまに家にいても、ぶらぶらしているだけで、〝他所《よそ》のおとっつぁんは働いて銭を稼いでくるのに、どうして、うちは違うの？〟とおっかさんに訊くと、〝他人様《ひとさま》は他人様、うちはうちなんだから〟と厳しい声で叱りつけられました。おっかさんは、店というのもおこがましいほどの小さな居酒屋をやってたのですが、喧嘩を止めようとして突き飛ばされた拍子に、壁に頭を打ちつけて死にました。おとっつぁんだった男が留守をしていた間のことです」

「稼ぎが少なく、留守がちなだけで父をこれほど憎むのか？　おっかさんは気の毒ではあったがそれは災難だ」

和之進が頭を傾げると、

「おっかさんの遺品を片付けていた時、わたしは見慣れぬ綺麗な朱塗りの櫛《くし》を二枚見つけました。その櫛と一緒に、〝みよ〟〝はつ〟と記された紙の入った守り袋が二つあったのです。これをどう思われます？　おっかさんの名はみよではありません」

「留守がちだった徳兵衛が、他所の女に子を産ませ、おまえの母の寛容さにつけこんで、揃いの櫛や守り袋まで買わせていたと言いたいんだな」

ありがちな話だと和之進は思った。

「わたしはおとっつぁんだった男が許せませんでした。きっと、また、どこかでおっかさんを裏切っているに違いないと思ったのです。人を便利に使って、何の呵責も覚えなかった冷たい血が自分にも流れているのかと思うと、どうにもたまらなかったのです。そんな時、幸い、手習所での成績が二番と下がったことがなかったおかげで、明正寺で教えてみないかと言ってくださる人が現れ、わたしは家を出たのです。あれから七年が過ぎました。今更、おとっつぁんだった男に会いたいとは思いません」

そう言い切ったおはつは、文箱を抱えて立ち上がり背中を見せた。

明正寺を出た和之進は、

「思ったより手強いな。だが徳兵衛が留守がちだったとは、いい事を聞いた。過ぎし日に御定法を犯したというのは、案外、本当のことかもしれない。こうなれば押しの一手だ。時がかかっても俺はやつの口を開かせるぞ」

張り切って気焔《きえん》を上げたが、

「そうは言っても、徳兵衛さんは、そう長くはないのです。あの様子ではいつ、何が起きても――」

沙織は切なげに呟いて、

「このことはわたくしから先生にお話ししておきます」

石町《こくちょう》の鐘近くで市中の見廻りに行くという和之進と別れた。

中橋広小路の木戸まで来た沙織が、長楽茶屋付近で足を止めたのは、藍木綿《あいもめん》の裾をからげた正吉らしき後ろ姿を見たからであった。沙織は診療所を出る時に、

「たしか万寿屋《ますや》の干菓子が好きだって言ってましたよね」

掃除をしていた正吉に声を掛けられた。

万寿屋も伊勢屋と並ぶ京菓子屋で、今時分は桜や土筆《つくし》、蝶や竹を模した、たいそう優美で心ときめく干菓子が売られている。典雅な見栄えだけではなく、和三盆《わさんぼん》を練って着色し、四季を映すべく、型で抜いて乾かす万寿屋の干菓子は、日持ちがすることもあって、たいそうな人気であった。八ツまでには売り切れてしまい、日々、忙しい沙織には無縁な代物《しろもの》であった。

「これを早く終わらせて、万寿屋まで一っ走りしようと思ってるんです」

診療で疲れ果てた時、〝万寿屋の桜干菓子、あの甘みが欲しいわ〟と漏らしたのを、正吉は忘れずに覚えていてくれたのだと思うと、つい、うれしくなって、沙織は知らずと口元を綻ばせた。

「先生のためなら、たとえ火の中水の中です」

「ありがとう。それじゃあ、頼むわ」

沙織は菓子の代金を渡した。

南鞘町《みなみさやちょう》の万寿屋は長楽茶屋のすぐ近くである。あの後ろ姿が正吉ならば、おそらく、万寿屋に干菓子を買いに行った帰りに立ち寄ったのだろうが、長楽茶屋には、楚々として見目麗しく客に茶を運ぶ茶屋娘が大勢いるとあって、沙織は大いに気が揉めた。

前に夫を得た時もこんな風であったと思い起こされる、こんな危うい男こそ自分が支えてやらなければならないはずだという、思い詰めたいとおしみ――。

正吉が水茶屋通いを始めたのではないかと思うと、心の中に細波《さざなみ》が幾重にも広がって、沙織の足は長楽茶屋へと引き寄せられていった。

案内に出てきた大年増の女将に、入って行った男の風体を告げて、咄嗟に弟を案じている姉だと偽り、

「案じているのです。様子を知りたいだけなのです」

必死の形相を向けると、

「若い二人だってえのに、何やら、思い詰めててね。うちでも、初めてのお客だし、ちょいと心配になってたところです。お身内の方ならちょうどいい。どうぞ、どうぞ」

女将は二階の階段へと顎をしゃくった。

沙織が通されたのは襖で仕切られた客間である。襖を通して、向こうの話し声が聞こえてくる。

「勘次さん」

女の声だった。予想はしていたものの、沙織は胸をがんと殴られたような気がしつつ、耳をそばだてた。

「俺はもう植木職の勘次じゃねえ」

間違いなく正吉の声である。

「今じゃ、おめえの知らねえ正吉ってえ、医者の家の下働きなのさ。それにおめえ、道を歩いてて声を掛けてきた時は幽霊かと思ったぜ。どうして、おめえ、まだ江戸にいるんだい？　おいらの知ってるお八重は何不自由なく育てられた川越宿の布団屋の一人娘で、今みてえに窶《やつ》れちゃいなかったし、うすべってえ木綿なんぞ着てなかった——」

半ば怯えているように聞こえた。

四

「白魚のようだった手がひびだらけに変わっちまってるが、お八重には違《ちげ》えねえ。

悪いことは言わねえ。甲斐性なしのおいらのことなんぞ忘れて、郷里《くに》に帰って婿でも取って、幸せに暮らすんだ」

「あたしは八重よ、八重。ずっとずっとその名で、あんたのことを想ってる。あんたが長屋からいなくなってから、どれだけ捜したことか――。あんた、手と手を取り合って、苦労を覚悟で江戸へ出てきた八重を忘れたの？　あんたは忘れてもお腹の子は覚えてるのよ。あたし、この子がいるってわかってから、この子のためなら、どんなことでも耐えていけるって思ったの。あんただってきっとそのはずだって思って、夢中であんたのこと聞いて歩いて、今、やっと出会えた。あんたはこの子の、たった一人しかいないおとっつぁんなのよ」

「おめえの腹においらの子が？」

正吉は絶句した。

「お腹の子のことで嘘を言う女なんていないわ」

とうとう沙織は襖を開けた。

「先生――」

正吉はぎょっとして目を瞠った。

「わかったわ」

お八重は沙織を睨みつけた。

「この女のためにあたしを捨てたのね」

「先生に向かって何を言いやがる」

正吉の目が怒った。

「お八重さん」

沙織はお八重の方に向き直って、

「ここにいるあなたのご亭主は正吉と名乗り、わたくしが勤める木挽町の診療所に運び込まれてきました。一度目は何か傷んだものでも口にして、胃の腑または腸を悪くしたのかと疑い、二度目の時は慢性的に虫垂が腫れているのではないかと案じました。けれども、治療の折、隠し持っていた小さな砂糖壺を見つけました。舐めてみて、これには石見銀山《いわみぎんざん》鼠捕り入りの砂糖が入っていることがわかったのです」

「あんた、どうして、そんなものを――」

激しく首を横に振りながら、お八重は正吉を凝視した。

「死にたかったけど、意気地なしで死ねなかったのさ。二度目ん時も、診療所で優しい言葉を掛けてくれた女先生の顔を思い出したら、鼠捕り入りの砂糖をもっと使わなきゃ、死ねねえことはわかってたけど、そうはできなかった」

　正吉は恥じ入り、目を伏せた。

「人は、生きたいと切に望むものです」

　沙織は言い切ると、

「どうして死にたくなったのか、その理由を訊きたいわ」

　否応《いやおう》ない物言いで迫った。

「実を言うと、おいらが駆け落ちしたのは、このお八重が初めてじゃねえんだ」

「あんた、そんな――」

　正吉に向けたお八重の目は、これ以上はないと思われるほど鋭かったが、すぐに潤んでぽろぽろと涙がこぼれ落ちた。

「こんな話、他人様にすんのは初めてだけど。ごめんよ、お八重」

　正吉は一息入れると、

「自分で言うのも何だけど、小せえ時からおいらは、お稚児さんみてえに器量好しってことで、周りに可愛がられる子どもだった。古着の小商いをしていたおっかあが、〝いっそ役者にでもしちまおうか、江戸一の人気者になって楽をさせてくれるかもしれない〟と言うぐらいだった。でも、おっとうは厳しかった。〝馬鹿言うな。人気役者になんぞ、そうたやすくなれるはずもねえ。器量で飯が食える女の子じゃねえんだから、今のうちからしっかり仕込んでおかなければ〟というのが口癖で、十歳になるかならねえうちから、自分の身の丈より長い竹馬を担がされて、古着を売り歩かされた。嫌で嫌でならなかったが、そのうちに身の丈がずんと伸びて竹馬担ぎが苦でなくなる頃には、稼ぎがぐんと増えたんだ。けど、おいらがこれほど売ってやっているっていうのに、家に帰ると、相変わらず、おっとうはがみがみで、〝客の女に手を出すな〟なんぞと意見ばかりしてた。〝耳にたこができたよ〟と言ったのが、おっとうへの最後の言葉だった。あとは風の便りで二人とも流行病で死んだと聞いた。その時は、さすがにちょいと気分が沈んだよ」

「お客さんの一人と恋に落ちたのね」

沙織は先を促した。

「そうだよ。俺は客の一人と駆け落ちしたんだ。古着とはいえ、始終、親にねだれるのは、それなりの商家の娘と決まってる。浅草の塗物屋の娘で、名はたしかお紀美と言ったな」

「そのお紀美さんとの顚末は？」

「俺は何としても、食っていかなきゃなんねえと思って、なんとか酒問屋の風呂焚《ふろた》きに雇われた。けど、お紀美に貧乏暮らしは似合わなかった。長屋の連中たちとも仲よくできねえし、一日中、陽の射さねえ棟割《むねわり》長屋の黄ばんだ畳の上に、ぽつーんと座ってた。だんだんおいらとも話をしなくなって、このままじゃ、病になっちまうと、おいらは塗物屋に迎えに来るよう文を書いて姿をくらました」

「あんたのおとっつぁん、優しい男でよかったね」

お八重は片手を腹に当て、片手の甲で涙を拭いた。

「本当にお紀美さんを案じて？　それだけのことで別れたの？　その後も風呂焚きは続けてたのかしら？」

沙織は追及を止めなかった。

「さすが先生、鋭いね」

正吉は軽く顔をしかめて、

「その酒問屋の娘に言い寄られてたんだ。祝言が近かったんで、一緒に逃げてくれと言われた時、そうすりゃ、お紀美も親許へ帰ることができると思って江戸を後にした。そんなこんなの繰り返しさ」

がっくりと肩を落とした。

「あなたは女子に優しいのではなく、ただ自分勝手なだけです。言い寄られるのをいいことに、舞台の駆け落ち、心中物に似た、美しくも激しい、炎のような一時の恋情を楽しんできただけです」

厳しい口調で言い放った沙織は、

「それゆえ、足が地に着かない自分の生き方が嫌になって、年齢を重ねる先々を不安にも感じて、石見銀山鼠捕り入りの砂糖を持ち歩いているのだと思います。あなたの病は、自分の行いについて、誰に対しても責任を取ろうとしない勝手病、それもかなり重篤です」

「その病、このまま、放っておくとどうなるのですか?」

お八重の顔が青ざめた。

「勝手を繰り返した挙げ句、いつか、自ら死に至るでしょう」

「お助けください。どうか、どうか、先生の手でこの人の病を治してください。お願いです、お願いです」

お八重は畳に頭をこすりつけ、呆然としている正吉に向かって、

「さあ、あんたからもお願いするのよ。頼りはこの先生しかいないんだから」

「先生、お願いします。この通りです」

正吉もお八重に倣って、畳に頭をこすりつけた。

五

「わかりました」

沙織は大きく頷くと、

「いいですか。今からわたくしは、この声で正吉さんの勝手の虫を退治いたします」

凜と声を響かせ、

「先ほど、人は生きたいと切に望むものだと言いましたね。ならば、お八重さんのお腹の中の子も懸命に生きようとしているはずです。正吉さん、その子の助けにな

ってあげなさい。父親のあなたしか、お腹にいる時からその子を見守り、この世に生まれ出てきてからも、温かく育《はぐく》むことはできないのです。父親になることは、勝手の虫の気儘に応じる日々よりも、格段に実りある素晴らしい生き甲斐です。そのうち、あなたも亡くなったお父さんの気持ちがわかるようになって、供養にと墓へ参りたくなるはずです。そうなれば、後に残していく我が子が案じられて、もう二度と自ら命を絶とうとは思わないでしょう」

「先生、ありがとうございます」

今度は正吉が先に畳に頭をつけ、お八重が倣った。

「こうなったら、おいら、精一杯、いいおっとうになります。もう、勝手の虫をのさばらしちゃおきません」

そう言って、正吉はお八重の腹に手を当てると目を潤ませた。

こうして、正吉はこの日を境に診療所を去った。

「正吉の姿が見えないようだが――」

克生の問いに沙織は経緯を話した。

「やはり、女がいたか」

克生は驚かなかった。

「わかっておいででしたか」

「正吉はひ弱な世之介のように見えた」

世之介とは、井原西鶴が書いた浮世草子の主人公で、最後は女護島《にょごのしま》へ渡るほどの好色漢である。

「ああいう手合いはどんなところでも、誰かしら、好ましい女子を探し当てるものだ」

克生は沙織の目を覗き込んだ。

「わたくしがその相手だったとおっしゃりたいのですか？」

沙織はつい、尖った声を出した。

「違うのか？」

「何やら、幼くして逝った弟のように思えてならず、つい情にほだされてしまい、石見銀山鼠捕り入りの砂糖壺のことを黙っておりました。弟子としてあるまじき振る舞いです。申しわけございません。この通りです」

沙織は手をついて詫びた。

「毒入りの砂糖壺のことをわたしに報せなかったのは、弟子としていかがなものかと思う。だが、そのような砂糖壺を持ち歩いているのは一種の心の病ゆえ、近くに置いて見守りつつ、大事に至らないようにしたのは、的確な判断だったと感心している」

「お褒めに与《あずか》るとは思ってもおりませんでした」

沙織はおずおずと顔を上げた。

「とはいえ、一つ、気にかかるのは、先ほど、弟のように思えたからと言ったあなたの言葉だ。先に送った年下の亭主にも、そのような気持ちを抱いていたのではないか？」

「正吉はここの患者ゆえ、先生にお報せして、どんなお叱りでも受ける覚悟でしたが、鬼籍に入った前夫のことはあくまで私事。答える必要を感じません」

沙織は硬い顔で言い切ると席を立った。

一方、娘を連れてこいと繰り返していた徳兵衛が、

「もう駆け引きは止《よ》しにする」

見廻りに来た沙織の袖を摑んだ。

「ここだよ。赤い祠《ほこら》の裏手を掘ればわかる。目印に小石を積んである。娘に会えないのなら、せめて、罪だけは明かして逝きたい」

荒い息遣いでそう言うと、春日明神と記された古びた守り札を取り出し、目を閉じた。明らかに徳兵衛の命の火は燃え尽きかけていた。あと一日、命が保つかどうかさえ定かではなかった。

「わたくし、春日明神へ行ってきます。どうしても、生きている徳兵衛さんに重荷を下ろしてもらいたいからです」

そう言い置いて、沙織は診療所を出た。春日神社が見えてくる三田は四国町に差しかかったところで、

「沙織さん」

後ろから声を掛けられた。鍬《くわ》を手にした和之進だった。

「祠の裏を掘るには道具が入り用でしょう」

松平隠岐守《おきのかみ》の中屋敷と背中合わせになっている春日神社は、表口こそ賑やかだったが、奥に進むと不気味なほど、しんと静まりかえっている。二人は祠の裏手に回ると、和之進が小石の積まれている場所を掘り返した。

ぴかっと黒い穴の中が光ったのと、
「人の骨です」
沙織が叫んだのとは、ほとんど同時であった。
二体の骨の胸のあたりには、小判が数十枚重ね置かれている。沙織は青ざめたま
ま、土中の骨から目を背けた。
「それでは人を呼んで、この骨を引き上げ、木挽町まで運ばせましょう。克生なら、
検分してくれるはずです」
二刻（約四時間）ほど後、縁先の筵《むしろ》の上に、頭を揃えて並べられた二体の人骨を
しげしげと見た克生は、
「骨盤が一方はやや大きく丸く、もう一方は小さめで鋭い。大きく丸いのが女で、
小さめで鋭い方が男だ。つまり、男と女の骨が一体ずつで、女は肋骨《ろっこつ》に、男は頭蓋骨
に深い傷がある。骨盤が開いている女の方は、死ぬ少し前に、赤子を産んでいる」
淡々と検分をすませた。
骨が出たと告げられた徳兵衛は、話を始めた。
「俺は若《わけ》え頃、盗っ人《と》だった。料理屋の仲居と一緒になっても、相棒と一緒に盗っ

人を続けてた。ある時、入った家で縁の下にどっさり小判を隠してるのを見つけた。ところが、この金は俺たちの分に余った。そもそも金は魔物だし、人に分不相応なことが降ってくるとろくなことがねえ。相棒のおみよってえいう情人《いろ》が、分け前を寄越さなければ役人に言いつけるとぬかし、相棒と言い合いをしてるうちに、赤ん坊は弾みでできて生まれただけだとおみよが言い、相棒も同じ言葉を投げ返した。二人は摑み合いになり、最後には相棒が匕首《あいくち》を抜いた。一振りでおみよは息絶えた。そして、次には、てめえの赤ん坊めがけて、匕首を振り上げた。俺は夢中で相棒にむしゃぶりついた。気がついた時には、相棒が土間に倒れてた。打ち所が悪かったんだろう。息を吹き返さなかった」

そこで一度、言葉を切ると、徳兵衛は枕元の湯呑みの湯冷ましを、沙織の手を借り一口飲んだが、顔色はいっそう青くなった。そして、目を閉じたまま小声で続けた。

「俺は何としても、赤ん坊を育てようと心に決め、洗いざらい女房に話した。女房は二度と盗みに手を染めないように俺を諭して、相棒と女の骸、そして金を、あの神社の祠の裏手に埋めるのを手伝ってくれた。堅気になって、商いの文をやり取りするためだけの飛脚になった。文の報せ一つで何百両が動くこともあるとあって、人には知られちゃなんねえし、身が危ねえこともある。だから俺の仕事は、おはつに知らせなかった。だが、そのせいで、女房の死に目にも会えず、おはつにすっかり嫌われちまった。青物屋を始めたのは女房が死んで、おはつがいなくなってからのことだ」

六

「よかった。これで胸を張って女房が待ってるとこへ行ける」

徳兵衛はほーっと一つ息をついた。

「だが、おはつには黙っていてくれ。助けるためだったとはいえ、俺はあいつの父親を殺しちまったんだからな」

この時であった。

「おはつが運ばれてきたぞ」

和之進の声に沙織は治療処に飛んで行った。

「容態は？　怪我をしているのか？」

克生の目が鋭く光った。

「心の臓にごく細い枝が突き刺さっています。木挽橋の袂で胸を押さえて蹲ってい るのを、通りがかりの人が見つけて、運び込んでくれたのです。木挽橋はここから目と鼻の先。おはつさんは徳兵衛さんに会いに来られたのだと思います。今日は風が強いですから、土ぼこりで前が見えなくて、石に躓《つまず》き転んだ拍子の難儀ではないかと」

沙織の報告に

「ほう、心の臓の傷か――」

克生は低く呟くと、かっと目を見開いた。

「先生、お願《ねげ》えだ。おはつを助けてくれ」

必死の想いが身体につかのまの力を与えたのか、徳兵衛は体を起こした。

「しかし、心の臓ともなれば――」

和之進が先を続けなかったのは、心の臓の傷を、医者が治癒し得たという話を聞いたことがなかったからであった。心の臓の傷は早急に死に至る。沙織も目を伏せて、その場の緊張した空気に絶望が混じった。

「俺は地獄へ行っても文句は言わねえ。けど、おはつだけは助けてやってくれ」

徳兵衛は懇願した。

一方、治療台に横たえられているおはつには、すでに意識がなかった。顔色は真っ青で、はあはあと呼吸も荒く鼻をひくつかせ、唇は苦しそうに歪んでいる。

脈を確かめた沙織に、

「微弱です」

低い声で告げられた克生は、おはつの胸に耳を当て、

「だが、心音は澄んでいる」

にっこりと笑った。

「そして、間違いなく、傷は心の臓に達している」

「まだ息があるのは傷が小さいせいでしょう。徳兵衛さんを会わせて差し上げないと」

徳兵衛は和之進に背負われて治療処に来ると、

「俺なんかのために、俺なんかのために、無理をさせてすまねえ」

おはつの手を握り、語りかけた。そして、

「先生方、後生だから、おはつを助けてやってくれ」

再度懇願した。

たとえ小さな傷でも、心の臓に届いて出血していれば、じわじわと流れ出す血は胸腔を浸し、いずれは心音も濁って、死がゆっくりと訪れる。

「よし、今から手術だ」

克生の言葉に沙織は耳を疑った。

心の臓には人の心や魂が宿るとされていて、幾種類もの難しい手術をこなしている満天堂でさえも、この臓器ばかりは敬遠してきている。

「命を守るのが医者だ。手術をしなくて何とする」

未だかつて誰も耳にしたことのない心の臓の手術が始まった。克生はおはつの胸を切り開き、刺さっている細枝を清潔な布で挟んでそろそろと抜き取った。噴き出してきた黒い血を沙織が拭《ぬぐ》う。克生は胸腔に指を差し入れて心膜に触れると、

「よし」

胸膜にメスを入れた。心膜が見えた。細枝が刺さった痕からは、僅かずつ血が滲み出している。

「これより心の臓の処置に入る」

克生は心膜を大きく切り開き、裂け目を広げて切り口の端を鉗子で固定した。初めて見る、生きた人間の心の臓が剝き出しになった。心膜の底に溜まる血にまみれながら、命の泉は不規則に収縮と拡張を繰り返している。心の臓が拡張した瞬間、小さな傷がはっきりと見えた。少しずつ出血している。

一瞬、克生は躊躇ったが、

「命を司る心の臓の綻びを繕おうとするのに、祟りなどあろうはずもない」

強い語調で自分に言い聞かせると、思い切って、傷口に指を当てた。

「先生」

沙織の声は悲鳴に近かったが、出血が止まった。心の臓はぴくっともせず、収縮期は指が滑って傷口を見失うことはあっても、拡張期には再び探り当てることができて、出血が止められた。

「大丈夫だ。よし縫合だ」

煮沸し絹糸を通した細い針を沙織が克生に渡した。

「縫合の間、傷を見張っていてくれ」

命じられた沙織は、拡張と収縮を繰り返す心の臓の傷を左手の人差し指で押さえ反対側に抜く。ほどなく、糸の通ったままの傷口が収縮して、沙織の指を退《ど》け、針を刺していた。克生は右手で針を持つと、拡張期を待って、沙織の指を退け、なぜか手は震えずにいた。緊張のあまり、身体が強ばって、頭の中は真っ白だったが、なぜか手は震えずにいた。

「よかった」

ほっと安堵のため息をついた。沙織の人差し指が克生の針にすり替わる繰り返しが続いて、一拡張期に一針ずつ、丹念に傷口の縫合が進んだ。傷口がぴたりと閉じられると、出血は完全に止まり、心の臓はさらに力強く脈打ち始めた。

「清めて閉じる」

心膜と胸腔内を煮沸した布でよく拭って、固まった血や溜まった体液を取り除き、胸部切開の際に動かした肋骨を元に戻して、切開口を縫合し、おはつの手術は終わった。

一刻（約二時間）後、おはつは力強く規則的な心音を響かせながら、眠り続けている。

布団の上で、念仏を唱え続けていた徳兵衛は、娘が一命を取り留めたと知ったとたん、

「ありがとうございました、ありがとうございました」

克生に手を合わせながら、座したまま息絶えた。

その死に顔は安らかこの上なく、翌日、意識を取り戻し、生い立ちにまつわる一部始終を聞かされたおはつは、

「わたしを育ててくれたのは本当のおとっつぁん、おっかさんじゃなかったと先生はおっしゃいましたが、それは違います。わたしは居酒屋を営んでいた徳兵衛夫婦の娘はつです。間違いありません。お天道さまが西から昇ることがあっても、わたしのおとっつぁんは徳兵衛ただ一人です。おとっつぁん、ごめんなさい。おとっつぁん、馬鹿なわたしを許して、許してください」

そう言って、ただただ涙にむせんだ。

「話しておかねばならぬことがある」

克生は和之進と沙織を部屋に呼んだ。二人共まだ興奮冷めやらぬといった様子でいる。

「今日のこの手術のこと、すっぱりと忘れてはくれないか。治せないこともある虫垂炎と同じで、わたしの無手勝流が通用したのは、すべてが都合よく働いただけの

ことだ。よく似た症状の患者を明日、必ず、昨日のように治せるとは限らない。いわば、瓢簞《ひょうたん》から駒が出たようなものなのだから。頼む」

丁寧に頭を下げた克生は、沙織が和之進を見送って戻ってくると、

「そうそう、昨日は奇しくも、ほかにも瓢簞から駒が出たな。一つは徳兵衛さんの父娘《おやこ》駒」

「人は狂おしいまでのいとおしさゆえに、相手を憎み悲しむ。縁を切ったと言いつつも、死に目に駆けつけずにはいられなかった、おはつさんの気持ちを思えば、今更、隠し立てすることもなかった。あと一つは石見銀山鼠捕り入りの砂糖壺が妊婦に化けた正吉駒――これについては、あなたの治療、なかなかだったゆえ、お父上に話して、安心していただいてはいかがかな。今、気がついたが、三つとも駒には父と子の顔が彫られていた」

克生の目が悪戯《いたずら》小僧のように笑った。

やはり父は克生を訪れていたのだと確信した沙織は、

「ええ、まあ、いずれそのうちに」

幼き日、父玄斉と一緒に摘んだ蓬《よもぎ》の葉の匂いをなつかしく思い出していた。

八話　治癒

一

善田屋松右衛門が植えさせた、遅咲きの桜が花をつけている。

手術の三日後、包帯が外されて新しい鼻がついていると知らされた鼻欠け様は、

「恩に着る」

うっすらと目に涙を浮かべた。額の傷口にも肉芽が出てきていた。

ただし、まだ偏平な鼻で呼吸のたびに肉がうねり、へこんでしまう。そこで克生は魚の浮き袋を鼻孔に差し込んで膨らませ、鼻先を高くすると、鼻らしく整ったが、緊張した面持ちは変わらず、

「これからが勝負です。頑張ってください」

寒さを危惧《きぐ》し続けた。

「造鼻術は、一年中暑い遠い南の国で行われてきたものだと聞いています。なぜか、寒さが厳しいところでは、せっかくついた鼻が落ちてしまうのだそうです」

常に部屋を暖めておくようにと、克生が指図していたので、数え切れない数の炭《すみ》俵《だわら》と、幾つもの火鉢が運び込まれて、昼夜を問わず、暖が取られている。

「まるで夏であろう？」

鼻欠け様が眉を寄せたのは、その部屋だけが汗をかくほどの陽気だったからである。

七日目には、粥を食べていた鼻欠け様が、新しい鼻がもげてしまいそうだと悲鳴を上げた。急ぎ包帯を外してみると、片頰から鼻が千切れていたので、とりあえず克生は鼻の縁を膏薬で押さえつけた。

「鼻は千切れて落ちてしまうのか？」

鼻欠け様の眠れぬ夜が続いた。

さらに十二日目になると、鼻に異常な浮腫が生じた。膨らんだ新しい鼻はもはや

鼻には見えず、大きな肉団子のように見えた。鼻欠け様はそろそろと触って、

「鏡、鏡を持て」

大声を出した。しかし、動揺が治癒の妨げになるから、鏡を渡さぬよう克生から厳命されていた側近たちは、

「これは新しい鼻に血が通るまでの試練でございます」

この言葉を繰り返した。浮腫のために何度も鼻の縫い目のわきが千切れると、そのたびに沙織が丁寧に縫合し直した。

「本当に試練なのだな？　治るのだな」

鼻欠け様は念押しを続けつつ、再縫合の痛みに耐えた。およそ一月が過ぎた頃、突然、浮腫はなくなり、新しい鼻は一日ごとに普通の鼻らしくなっていった。

手術後、三月《みつき》を経て、桜の時季が近づいた頃、克生はやっと鏡で顔を見ることを許した。

「あとは額と縫い目の傷が目立たなくなるのを待つばかりです。ここまで恢復すれば、ご覧になった方がよい。きっと先々への励みになるはずです」

これを知らされた松右衛門は、恢復の祝いを兼ねて、花見のための桜の木を、染

井村の植木職に頼んで運ばせてきた。植木職たちの働きを見守っていた大番頭の利平は、

「このところ、旦那様がこちらへご無沙汰で申しわけございません。何しろ、旦那様ときたら、〝本業、本業、本業が大事〟というのが口癖になってしまい、若旦那様に厳しく両替業を仕込むのに忙しくしておいでなのです。これに応えて、若旦那様は、あんなに好きだったお菓子もあまり召し上がらなくなり、目方がぐんと落ちて、すっかり大人びてこられました。これで善田屋も幾久しく安泰でございます。雨降って地固まるとは、まさにこのことです。その折は、本当に先生が神仏に見えました。何と御礼を申し上げたらいいのか――。お二人からも、先生にくれぐれもよろしくと――」

改めて深々と頭を下げた。

克生から経緯を聞かされていた沙織が、

「この桜の花はきっと、松右衛門さん父子の祝い花でもあるのでしょうね」

感慨深げにふと漏らした。

その桜の花が終わってほどなく、

「お願いいたします」

思い詰めた様子の町娘が、診療所を訪れた。

「幸《こう》と申します。是非、見舞わせていただきたい方がおられまして――」
十七、八歳と見受けられるお幸は精一杯装っている。清楚《せいそ》で可憐《かれん》な顔に、やや大きすぎて不釣り合いな島田の髷は、艶々《つやつや》と結ったばかりであり、纏っている春色の着物は、肩のあたりに染みが目立っている古着とはいえ京友禅であった。
半襟だけが真新しく、長屋小町が大店の娘を気取っているようで、稀に見る美貌が印象的なだけに、それを台無しにしている怯えた表情が何とも痛々しかった。

「お見舞いはどなた？」

沙織が首を傾げたのは、このように見舞客が装って訪れる患者に心当たりがなかったからである。

「ここへ来て、離れのお方と申し上げるよう言われてきました」

お幸は目を伏せて答えた。

鼻欠け様のことは、ここだけの秘密であり、外に知る者はいないはずである。

「少し、お待ちください」

沙織からこれを聞いた克生は、

「まずは話を聞くとしよう」

お幸を客間で待たせた。

「いったい、どのような理由でここへ来たのか、それをまず、聞かせてください」

克生が言うと、

「あたしは浅草の草兵衛長屋におっかさんと二人で暮らしています。おっかさんのお腹に大きな腫れ物ができて、蘭方にかからなければ死んでしまうとわかった時、あたしは身売りを決めました。相長屋の民三さんの口利きで、根津遊郭の菊花楼さんのお世話になることになりました。明日から店に入ると決まり、もう二人で一緒に食べることはないだろうからと、奮発して深川飯を食べていると、民三さんが来て、〝遊女として住み込むことも、おっかさんと離れ離れになることもなくなった。よかったな。あんたは果報者だよ〞と言ったんです。誰とは身分を明かせないお方が、あたしの借金に利子をつけて肩代わりしてくれたという話でした。狐に抓《つま》まれたような話で、〝あれは間違いだった、金を返せ〞といつ言われるか、しばらくは、びくびくしていましたが、そんなことは起きませんでした。それにおっかさんも蘭方の治療を受けることができたんです。でも、おっかさんは命こそ取り留めたものの、その後がとても悪かったんで、あたしは以前のようには料理屋勤めに出られず困っていると、またお金が届きました」

お幸は唇を嚙んでうつむくと、ふっさりと長い睫毛の間から、真珠のような涙を溢れさせた。

「身分を明かせないお方に会いに行くようにと言われたのは、いつのことです？」

克生は先を促した。

「五日ほど前のことでした。夜更けてお侍さんが一人、油障子を開けて入ってきて、〝そなたたち母子を助けたお方に、今こそ、恩をお返しする時が来たのだ〟と言い、丹念に身形を整えてこちらへ赴き、離れへの見舞いと告げて目通るようにとのことでした。丹念に身形を整えよとの意味はわかっていましたが、あたしもやはり御恩に報いたいと思ったんです。お願いです。離れのお方に会わせてください」

指で涙が払われると、お幸の黒目がちの大きな目がきらきらと光った。

「あたしもいつしか、そのお方を好いていることに気がついたんです」

二

長屋小町のお幸の話を聞き終えた克生は、

「ちょっと待っていてください。まずは、ご病人のお許しをいただかないと――」

離れに出向き鼻欠け様の部屋の障子を開けた。部屋では絵師が、絵筆を動かしている。

「江戸屋敷の父上にお目にかかる日も近い。父上もたいそう楽しみにしておられて、〝どんな男に育ったか、是非とも絵に描かせて届けよ〟との仰せだ。それで急ぎ、絵師に描かせているところだ」

絵師が描いた高く端整な鼻をちらりとながめて、鼻欠け様は満足そうに微笑んだ。

「お伺いしたいことがございます」

克生も絵と実物の鼻欠け様、両方に向けて笑みを投げた。

「何なりと申せ」

うららかな春の陽のように鼻欠け様は上機嫌であった。

「浅草は草兵衛長屋のお幸という娘に、お心当たりはございませんか？」

「なに、草兵衛長屋のお幸だと――」

一瞬、鼻欠け様は驚いて目を瞠り、

「しばし、休む。下がれ」

絵師を部屋から追い出した。

「なにゆえ、お幸を知っているのか？」

「あなた様を見舞いたいと、診療所の玄関に来ているのです」

「ここをお幸が知るはずなどないが」

「側近の方のお計らいかと」

「たしかに、わしはお幸に並々ならぬ想いを抱いてきた」

「お幸さんも同じ想いのようです」

「そうか――」

鼻欠け様は一瞬、目を輝かせたが、鼻の縫い目の傷を指でなぞると、ふっとため息をついて、

「父上は病床におられるから、何とか悟られずにすみそうだが、白昼、お幸に見ら

れるのは、気が引ける。今日のところは帰ってもらってくれ」

「わかりました」

　これを告げられたお幸は、

「どうしてです？　どうしてお会いになってはいただけないのです？」

　しばし繰り返した後、

「どうか、一日千秋の想いでお呼びをお待ちしております、とお伝えください」

　がっくりと肩を落として帰って行った。

　鼻欠け様は克生を呼んだが、その表情は暗かった。

「お幸は、わしのことをどう言っておったか」

　克生はお幸の話を、ほぼその通りに伝えた。

「わしは料理屋の庭から、廊下を歩いていたお幸を見て一目惚れした。お幸はわしのことなど何も知らないはずだ」

　鼻欠け様は、また、ため息をついて、

「にもかかわらず、母親の病で窮していたお幸にとって、わしは恩人ゆえ、その恩を返すべく、寝所を共にしたいというのだな」

克生はその言葉に無言で頷いた。

「ところで、この傷痕はこの先どうなるのだ？」

鼻欠け様は額と鼻の縫い目にさっと指を走らせた。

「目立たなくはなりますが——」

「鼻欠けの因となった梅毒の方は？」

鼻欠け様は恐る恐る訊ねた。

「今は病が治まっております。それゆえ、この手術をここまでやり遂げることができたのです」

「いずれは、梅毒が勢いを増して、再び鼻欠けになることもあり得るのだな」

「はい」

克生は鼻欠け様の顔から目を逸らさずに答えた。

「梅毒は、わしのような放蕩者や遊女だけではなく、巷に蔓延《まんえん》していると聞く。もしや、この病を持った者が契ると、相手も業病に冒されるのではないか？」

「わたしはそのように思っております」

克生は強い目で言い切った。

「好いた女と契るは男の本望だ。だが、姿形さえ変えてしまう梅毒は、長きにわたって身体を苛む辛い病。そなたがわしなら、契った相手を業病持ちの側室にしたいか?」

「決してそのようには思いません」

「そうだろうな」

深々と頷いた鼻欠け様は、

「今から文をしたためるゆえ、ここへ届けてほしい」

墨と紙を用意させ、

「蘭方の手術後、思わしくないというお幸の母親の治療も頼む」

と言い添えた。その表情は神々しいまでに清らかで、一点の曇りもなかった。

「わかりました」

撃たれたかのように、克生の頭が下がった。

翌日、早速、浅草の草兵衛長屋まで沙織が迎えに行き、お幸に手を引かれた母のお米が入所する運びとなった。お米の話から、蘭方医の手術は卵巣腫瘍の摘出であることがわかった。この時の切り口が塞がらず四六時中腐臭が漂い出ている。娘の

いつも着物が濡れている お米の顔は、死人のように青ざめていた。いつも着物が濡れてい

るせいで、絶えず風邪を引き、熱や吐き気に襲われていると、お幸は母の病状を説明した。正直、生きているのが不思議なくらいの、これほど酷い瘻管を沙織は今まで見たことがなかった。

「こうなったのはおそらく、この手術に不慣れな蘭方医が、やみくもに腫瘍を摘出したせいでしょう。その際、子宮だけではなく、左腎から膀胱へと続く尿が通る管を傷つけてしまったものと思われる。その後、外へ尿を出すために、やむなく、切り口が瘻管になったのだ。相談にはのるが、処置はあなたに任せよう」

克生の指図に困惑した沙織だったが、

「死にたい。こんな母親じゃ、娘の足手まといになるばかりだもの」

お米の口から、瘻管のせいで失禁等を繰り返し、生きる希望を失ってしまった女たちと同じ言葉を聞くと、何としてでも治癒させようという強い使命感が湧いてきた。以来、沙織は寝ても覚めても、解体新書の腹部の絵図を頭に描くようになった。以前のように膀胱を通じて排尿させるには、どうしたらいいのだろうかと考え続けたが、左腎の尿を通す管が傷つけられてしまっている以上、不可能なことのように

思われた。

これという提案ができぬまま、五日が過ぎた。

「お願いします」

玄関から若い娘の声が聞こえた。

「何か、ご用ですか？」

沙織は努めて穏やかな口調で応対した。

相手は目にも鮮やかな萌葱《もえぎ》色の地に、牡丹の花を染め抜いた豪奢《ごうしゃ》な友禅の着物を纏い、揃いの信玄袋を手にしている。長屋小町のお幸ほど、ぱっと目を引く器量好しではなかったが、一目で大店の娘とわかる、優雅な物腰と華やかさが感じられた。ただし、どう見ても病人には見えなかった。

「わたしは日本橋の呉服問屋三丸屋の娘、波留《はる》です。折り入って、お頼みしたいことがあってまいりました」

おっとりとした物言いで、臆することなく、まっすぐに沙織を見つめた。

「わたくしは医者です。ここは病を治療するところです。ご自身が病にお苦しみか、どなたかを見舞われるのですか？」

三

「それが――」

言い澱んだものの、お波留は無邪気な目を沙織に向けて、

「わたしが病なのです」

おずおずと切りだした。

「辛い症状は？」

目の前の娘は、すこぶる健やかそうに見える。

「咳が出ます」

「毎日ですか？」

「いえ、そんなことは――」

「身体がだるいということは？」

「時々は――」

「熱が出るようなことは？」

「去年、風邪をこじらせた時には——」

「このところはどうなのです？」

「出ていません」

「でしたら、軽い風邪でしょう。薬を飲まずとも、家で休んでいれば治ります」

「わたしは治療を受けられずに、追い返されるのですか？」

お波留は恨めしげに沙織を見つめた。

「追い返すつもりはありませんが、ここは重症の方が優先なので、症状の軽い方には助言だけさせていただいています」

お波留は目に涙を浮かべ大声で、

「お願いです。重い労咳（結核）で、あと幾ばくもないと診立ててください」

「それはできません。あなたは労咳などの重い病ではないのですから」

呆れて断り続ける沙織も声を張り上げた。

「困ります、困ります。労咳と診立ててくださらない限り、わたし、梃《てこ》でもここを動きません」

お波留は玄関先で座り込んでしまった。

「何刻そうしていても、偽った診立て書を書くことはできません。重い病で苦しんでいる人のことを思えば、そのような偽りが許されるわけもないのです。どうぞ気のすむまで、そこに座っていらっしゃい」

沙織は、さらに声を張り上げて言い渡すと、長屋小町お幸の母お米が病臥している部屋へと行った。

お米には、左腎からの尿を垂れ流す瘻管を塞ぐ手術が必要であったが、

「もう手術はご免だからね」

入所して以来、お米はずっと頑固に手術を拒んでいた。

「どうせ、この前の藪蘭方の二の舞なんだろう。そもそも、お腹の塊を取ったりしないで、あのまま逝ってりゃ、楽でよかったんだ」

と、繰り返してばかりいる。部屋の前の廊下に立つと、饐《す》えた尿の臭いがする。

「先生、娘に来なくていいと伝えてください。たまには、溝《どぶ》みたいなあたしの臭いを嗅がさないでやりたいんだ」

お米は乾いた目で沙織を見た。

沙織は枕元に置かれている湯冷ましの入った急須を手にした。

「あまり減っていませんね。ほとんど、水を取らずにいるのですね」

話しかけると、お米は意外な力強さで頭を左右に振った。

「小水が減れば溝の臭いも少しは減ると思って——」

「水を取らずにいて、尿を減らそうとするのは、腎の臓、ひいては身体にもよくないことなのですよ」

沙織が優しく諭すと、

「よくないってことは、そうすりゃ、死ぬってことでしょう?」

お米は唇の端に笑みを刻んだ。

「死にたいのですか?」

「こんな身体で生きていれば、先生だってそう思うはずだよ」

「たしかに、わたくしもそう思うでしょう。ですが、あなたがわたくしの母だったらどうでしょう? 母は、わたくしが幼い時、父が医者だというのに、流行病であっけなく亡くなりました。それが今でも悲しくて、残念で。どんな姿でも生きていてほしかったと、わたくしは思っています。ですから、お幸さんも、同じ気持ちだと思うのです。治癒を願っている娘さんのためにも、どうか、手術を受けてください」

　切々と語りかけて一度言葉を切ると、次には語気を強めた。

「それと、あなたのような身体になって、ここまで生き続けていることは、ごく稀です。わたくしの母のように、あっという間に亡くなる人たちの無念さを思えば、あなたは幸運なのです。神様が、あなたを選んで生かしてくださっているのかもしれません。だとすれば、病と闘ってこれを治し、病で亡くなった人たちの無念を晴らして、神様の意に添うのがあなたの役目なのではないでしょうか？」

「あたしが治るよう、神様まで、願ってくれてるっていうのかい？」

「その通りです」

「わかった、わかったよ」

　お米の目から涙が滴り、

「みんなのためにもあたしはこの病、治してみせる。手術だって、受けるよ」

「その意気です、頑張ってくださいい」

　沙織はにこやかな顔で励ますと、部屋の障子を開けた。そこには和之進が立っていた。

「あなたがここだと聞いて――。何やら、深刻そうだったので、障子を開けることができなかったのです」

「わたくしに何か？」

「ええ、まあ」

「患者さんのこと？」

「いや、まあ、そうとも言えるが――」

和之進は曖昧に返答した。

「急ぎますか？」

「いや、そんなには」

「それでは、探しものをしながら伺っても構いませんか？」

「もちろん」

沙織は、ずんずんと歩き、医書が積まれている克生の部屋の襖を開けた。

「先生の許しは得てあります。わたくしはここで、目当ての医書を探しますゆえ、どうか、お話しなさってください」

沙織が手に取った本を、ぺらぺらとめくっては、ばたんと閉じ、ぱたぱたと置い

ていく音を縫って、

「玄関に居座っている、三丸屋の娘お波留のことです」

和之進が廊下から声を掛けた。

「まだ、いるのですね」

「クレバーが相手をしています。というか相手をしてもらっているのかな。そんなことより、お波留は労咳でもないのに、労咳の診立て書が欲しいと頼んだそうですね。本人から聞きました」

「もとよりできぬことです」

目当てのものを探すことに気を取られている沙織の声には、ほとんど感情が感じられない。

「沙織さんは、なにゆえ偽りの病の証が要るのかと、訊かなかったのですか？」

「訊きませんでした」

「俺は訊きました」

やっと、沙織が部屋から出てきた。探しものこそ手にしているが、苛ついている証に眉を寄せている。

「両親に意に添わぬ縁組みを無理強いされ、それを断るためだと言っていました。相手は神田にある小間物問屋常田屋《ときたや》の若旦那だそうです」

「それだけのことで？」

呆れた様子の沙織を、

「縁組みは一生の大事、それだけのことと言い捨ててしまうのは、沙織さんとも思えぬ酷な言葉です」

和之進は射るような思い詰めた目で沙織を見据えた。

四

「なにゆえ、互いに怖い顔をして、声を荒らげているのだ？」

克生が往診から戻ってきた。

「そのようなことはない」

「ございません」

和之進と沙織は同時に言い返した。

「玄関を入ったとたん、おまえたちの甲高い声が聞こえた。クレバーも驚いている。なあ」

と言って、克生は肩に載っているクレバーと頷き合った。

「波留という娘のことではないのか？」

克生の言葉に、

「先生も事情を訊かれたのですね」

沙織が念を押した。

「玄関に居座る娘の下足番など、邪魔で絵にならないからな。お波留には心に決めた相手がいて、たとえ実らぬ想いでも、今は両親の言うままに縁づく気にはならぬとのことだった」

「想う相手がいたとはな。そこまでは聞かなかった」

和之進がふと呟くと、

「女子はそのような相手がいるからこそ、結構な縁談にも首を横に振るのです」

すかさず、沙織が言い切った。

「お波留は、今川橋にある汁粉屋でその男を見初めたそうだ。職人風で何杯も汁粉を食っていたという。ただし、会ったのはそれ一度きりで、何度も同じ汁粉屋へ通ってはみるのだが、会うことは叶わず、あれっきりの縁かもしれないと諦めつつも、縁組みを勧める親に従う気にはならぬのだと言っている」

「両親が勧める相手は常田屋の若旦那だとお波留は言っていた。常田屋なら、お波留の三丸屋とも釣り合いが取れて申し分ない」

和之進はお波留の話を思い出した。

「ひょっとして、お波留が、まだ話していないことがあるのやもしれぬ」

克生は、ちらと沙織を見た。

「女子には、どうしても耐えられぬ男の癖がある」

「放蕩三昧《ほうとうざんまい》か？　だが、評判のよくない者を、お波留の父親が選ぶわけなどあるまい」

切り返した和之進に、

「女子が蛇蝎《だかつ》のように嫌う相手とは、身体は大人になっても心はまだ幼子のままで、乳が恋しくてならない、おっかさん一筋という手合いです」

沙織はやや低い声で告げた。

頷いた克生は、

「その手の男は一見、生真面目で、母親も他人前《ひとまえ》では、しごく優しく振る舞うゆえ、娘を嫁にと望まれれば、これは良縁だと思い込むのが常であろう」

「すると、お波留さんは言うに言えない悩みを抱えているかもしれない、ということなのですね」

沙織は後悔を表情に滲ませた。

「もっとも、これはわたしの憶測にすぎない。そこで、どうかな、二人で真偽のほどを確かめては？　場合によっては、診立て書に重い病名を書き記して、この話、破談にするのも人の道というものだ。人道に勝る医術はない」

「わかりました、それでは早速」

沙織が手にしていたものを部屋に戻そうとすると、和之進は、

「沙織さんは、探し当てた医書を読みながらでいいです。まずは常田屋まで行きましょう。俺が、手を引いてお連れしますよ」

こうして、沙織は分厚い医書を抱え持って開き、紙をめくりながら和之進の助けを借りて常田屋を目指した。

「重い瘻管患者の瘻管を、これから手術で塞がなくてはならないのです。どうやったら、そんな手術ができるのかと、解体新書をはじめとする、さまざまな人体絵図を見て、繰り返し考えているのですが、これぞという案が浮かびません。その患者さんは、ほら、ここに見える卵巣や子宮を前の手術でなくし、その際、小水の通る管が傷つけられてしまったので、左腎から運ばれる小水が膀胱へと導かれず、手術痕から絶えず尿が漏れているのですよ」

沙織はため息をついた。

「ほう、腎の臓とは二つあるものなのですね。初めて知りました。しかし、どうして、二つもあるのでしょうね」

和之進は腎の臓が描かれている人体絵図を横から覗き込んだ。

その様子と口調が暢気《のんき》すぎると感じた沙織は、

「それは、二つ揃っていなければならないからだと思います」

苛立った声を上げた。

「おそらく、そうなのでしょう」

和之進がひっそり呟くと、

「申しわけありません。わたくし、このところ気が立っているのです。手術が必要な患者さんが、急激に弱ってきているので、何度もの手術には耐えられません。どうしても、一度の手術で治して差し上げないと――。それに、時があまりありません。切開口が塞がらないせいで、腹壁から飛び出してしまっている左腎が腫れ、体力が落ちているのです。放っておくと、身体に毒素がまわって患者さんが亡くなります。ああ、早く、何とかしないと――」

「お気持ちのほどよくわかります」

「ごめんなさい。わたくしは未熟者ゆえ、ついつい、手術のことで頭がいっぱいになってしまうのです。今はお波留さんのお相手について確かめなくては。里永先生がおっしゃる通り、手術で人を救うだけが医術でもなく、たしかに人道は医術に勝るものですもの――」

沙織は医書を閉じると風呂敷で包んだ。

和之進は沙織の懸命さに心打たれた。全身全霊をかけて患者を救おうとしている姿ほど、美しいものはないと思った。

二人はいつしか、常田屋の前に立っていた。

和之進が用向きを告げると、

「少しお待ちください」

二人は錦鯉《にしきごい》が優雅に泳いでいる池が見渡せる客間に通された。

「お役目、ご苦労様でございます」

大番頭が半白の町人髷を振りながら姿を見せ、袱紗に包んだ小判を一枚渡そうとすると、しかめっ面の和之進が大きく首を左右に振った。瞬時に笑顔を消した相手は、顔に怯えた表情を浮かべて、

「ならば、てまえどもに、いったい何のご用でございましょう？」

「ここには倅がいるであろう」

まさか、三丸屋の娘お波留との縁談話が進んでいる若旦那が、いまだ母親の着物の袖を離せない、男の風上にも置けない虚《うつ》け者か？　と訊くことはできない。

「増吉という名の若旦那様はおられますが――。もしや、そちらのお方は三丸屋さんのご親戚では？　たしか武家へ縁づいている方もおられると聞いております」

大番頭は肩を震わせて沙織を見た。

「若旦那様に何か？」

縁談相手の名を口にした上、尋常ではない狼狽《うろた》えぶりに、これは、きっと何かあると直感した和之進は、

「訊きたいことが一つ、二つある」

思い切って、はったりをかました。

「訊きたいこととおっしゃいますと――」

大番頭は和之進の胸中を探るかのように、その顔を見つめた。

ますます、確信を深めた和之進は、

「こればかりは、直《じか》に本人に訊かねばならぬ」

やや語調を強めて突っぱね、

「若旦那をここへ」

さらに声を張り上げた。

「そればかりはお許しくださいませ」

大番頭は髷を大きく跳ね上げさせて、畳の上に平たくなった。

「この通り、この通りでございます」

五

平伏したまま動かない常田屋の大番頭を前にして、

「まあ、いい」

和之進は奥の手を用意していた。

「話してもらうのは、お内儀でも構わぬ」

沙織なら、倅べったりの母親を見抜く目を持っているはずである。

「お内儀様ですって？」

頭を上げた大番頭はきょとんとした不審な目を向けた。

「お役人様は、てまえどもの事情をご存じなかったのですか？　旦那様は女房運が薄く、若旦那様を産んだお内儀様を亡くされた後、ご親戚からの勧めで二度後添えを貰われたのですが、お二方とも、二年と経たずに病で亡くなられて——。ですから、てまえどもには、お内儀様はおられません」

大きく当てが外れたと和之進は戸惑ったものの、

「ならば、やはり、何としても、若旦那に会わねば困る」

苦虫を嚙み潰したような顔で再び迫った。乳離れできない、子どものような伜でなくとも、お波留が嫌う理由がほかにあるはずだと、和之進は信じている。そうでなければ、沙織と二人、ここで雁首《がんくび》を並べている意味がなかった。

「実はこのところ、お店においでにならないのです」

大番頭は青ざめている。

「仕事か？　それなら、戻る日がわかっているはずだ。申せ」

和之進はふと、増吉はどこかで別の暮らしを持っているのではないかと思い、以前、奉行所に持ち込まれた失踪した大店の主のことを思い出した。

「仕事ではございません」

大番頭は失踪でもないと言い切った。

「ただ、こんな時なので案じております」

「こんな時とは、縁談が持ち上がっている時だからか？」

「ご心配ですね」

初めて沙織が口を開いた。三丸屋の縁者であるとも、ないとも言わなかったので、

動揺を隠せない大番頭は、

「このことはどうか、三丸屋さんにはご内密にお願いします。若旦那様のことは、てまえが旦那様から言いつかって、お世話をさせていただいてまいりました。この縁談も、てまえが間に入って進めているのでございます。三丸屋さんといえば、江戸で知らぬ者のない呉服問屋。縁を結ぶにはどちらにとってもこの上ない得策。このようないいご縁、滅多にあるものではございませんゆえ」

沙織を、探りに訪れている者と決めつけた。

「増吉さんにはどなたか、好いたお方がいらっしゃるのではありませんか？」

沙織のこの一言に、和之進はなるほど、お波留にもそれらしき相手がいるのだから、増吉にいてもおかしくないと合点し、

「隠し立ては許さん」

わざと凄味のある物言いをした。

「お役人様も三丸屋さんに頼まれたんですね？」

大番頭は怯えた目で二人を見た。

「まあ、そういうことにしておこう。子の幸せを願うは親の常ゆえ、よくよく相手

の家や当人を知って嫁入りさせようとするのも、合点のいく話だ。ただし、我らは鬼でも蛇《じゃ》でもない。世間に欠点が一つもない者などいないのだから、この縁組みを壊したくてここへ来ているのでもない。ただ、増吉について、知りたいだけなのだ。親の心を思いやってほしい。頼む」

和之進は軽く頭を垂れた。

「若旦那様の行方は町火消の勝治が知っているかもしれません」

「ほう、なにゆえ、町火消の勝治なのか？」

「勝治は若旦那様とは幼馴染みで、手習いも一緒だったんです」

「そうか」

「若旦那様は丑の月丑の日丑の刻生まれで、赤子の頃、訪れた手相見が、〝この子には亡くなった生みの母の無念の霊が憑いている。丑のつく日は本人の気儘にさせぬと、冥途の母御が迎えに来る〟と言ったとかで、以後、子どもの頃は、丑の日になると、手習いを休まれていました。お店の仕事をなさるようになってからも、丑の日は勝治のところへ遊びに行っておられるんです」

「昨日は卯《う》の日、丑の日ではないのになぜ、増吉は勝手をしているのだ？」

和之進が鋭く訊くと、

「三日前の丑の日。お出かけになったままなんです。まあ、勝治とは虫が好く仲なのでしょうが、よりによって勝治でなくてもと――。旦那様はまだ気づいておられませんが――」

二人が衆道《しゆどう》で、ここへ来て、離れ難くなっているのではないかと案じている大番頭は、目を伏せた。

「それでは勝治に訊きに行くぞ」

和之進と沙織は常田屋を後にした。小柳町に住んでいる勝治は、洒落者《しやれもの》でも女好きでもなく、日頃は、縁者から譲られたささやかな損料屋を商っている。町火消に商いは似合わないということもあって、六尺（約百八十センチ）豊かな大男の梯子《はしご》持ちであるにもかかわらず、勝治が錦絵に描かれるようなことはなかった。

「邪魔をする」

暖簾《のれん》を潜ると、店先に奉公人の姿はなく、

「どなたかおいでですか？」

沙織が呼びかけたところで、火事場で負った火傷痕のある勝治の顔が、ぬっと奥から現れた。

「いらっしゃい」

商いがまだ、板につかないのだろう、勝治は仏頂面である。

「客で来たのではない」

和之進は腰から十手を引き抜いた。

「おまえの友達の増吉について訊きに来た。ここにいるのだろう？」

「ああ」

勝治はふわっーと一つ、わざとではない大きな欠伸《あくび》をして、

「昨日の夜はさんざんあいつと飲んだよ。肴《さかな》にした今時分の蛤《はまぐり》はいい。蛤鍋は奴も俺もガキの頃から好物なんだ」

好物の余韻に浸るかのように、ぺろりと舌で唇を一舐めした。

「増吉は奥か、二階か？」

「朝から出かけてる」

「嘘を言うな」

「何で俺が八丁堀の旦那に嘘をつかなきゃ、なんねえんです？」

「おまえたちは衆道ではないのか？」

和之進は単刀直入に訊いた。

「たしかに俺はその通りだが、増吉は違うんだ。昨夜は増吉の奴、好いた女の話ばかりしてた」

「増吉に頼まれて偽っているのではあるまいな」

念を押されると、

「ずっと頼まれてきてるのは、毎月丑の日にここへ泊めることだ。俺が衆道だってことで悩んでた時、増吉は、〝衆道だとわかれば町火消は辞めさせられる。だから、誰にも知られるな。商いをしろ。町火消に似合わないと言われても気にせず、変わり者で通せ。逢い引きは陰間《かげま》茶屋で楽しめばいい〟って、親身になってくれたんだ。その返しがしたくて、丑の日に泊めて、着物や持ち物を貸してやるのさ。大工や石職人、薬売りや念仏坊主、いろいろ試して、楽しんでたな」

形《なり》を変えて悦に入っていた増吉の様子を思い出して、勝治はにやりと笑った。

六

「何ゆえ増吉は姿形を変えるのだ？」

「増吉は、九十年も続いた常田屋の跡継ぎは気骨が折れる。たまには何もかも忘れて、気を散じてえんだって言ってたよ。それで、若旦那じゃねえ形をして、酒と同じくらい好きな甘味を食い歩いてたんだ」

「気晴らしなら、ほかにもあるだろう？　たとえば遊里とか、博打とか——」

和之進は首を捻ったものの、ふと、善田屋松右衛門の倅松太郎も菓子好きの大食いで、過去の傷や父親への鬱屈した思いを紛らわせていたことを思い出して、

「根が生真面目なのだな」

勝治に商いを勧めた増吉の手堅さを重ね合わせた。

「そうだよ、その通り。算盤には強くても、こと恋路にかけちゃ、とんと擦《す》れてねえのさ、増吉は。それが証に、形を変えて楽しく汁粉を啜ってた時、見初めたってえ娘に、ぞっこんでね。何とかして、もう一度その娘に会いてえと、その汁粉屋に

何度も足を運んでるそうだ。だが、まだ会えずにいる。俺も叶わぬ恋路の苦しさはよくわかる。増吉が思い詰めちまってたんで、市中の汁粉屋を、しらみ潰しに捜したらどうかって勧めたんだ。でも、それには丑の日一日だけじゃ、無理だろう？だから、増吉はここに、まだいるのさ」

勝治の店を出た和之進は、

「波留の縁談の相手も見初めた女に惚れ込んでしまっていたとは、何とも奇遇だ。この話を双方の親に伝えれば、諦めて破談にすることを承知するだろう」

ほっと安堵の息をついた。

「お波留さんが職人風の相手を見初めたという、今川橋のお汁粉屋さんに行ってみましょう」

「なにゆえに？」

「女の勘です」

沙織はぽつりと洩らした。

その若い男は、小さな汁粉屋の戸口に近い席に陣取っていた。長居をしている証に、前には汁粉の椀が幾つも重ねられている。食い入るような目で戸口を見つめ続けていて、入ってくる客たちの姿を見るたびに、〝ああ、また違う〟と失望の声を発していた。

「あの男はいつから？」

沙織が訊いて和之進が十手を見せると、

「〝萌葱の地に牡丹の花が描いてある友禅を着た娘を知らないか〟って、訊かれたもんだから、〝その娘なら、このところ、よく来るよ。職人風の男を捜してるんだって〟と答えると、あんなふうに根を生やしちまってるんです」

大年増の店主がくるりと大きな目を動かした。沙織は商家の手代が着るような縞木綿を、ぴんと糊を利かせたまま着ている男の前に立った。

「あなたは常田屋増吉さんですね」

いきなり声を掛けられ、えっと叫んで青ざめ、言葉を失っている増吉に、

「わたくしはあなたが捜している娘さんの代わりの者です。その娘さんもあなたを捜し続けています」

「どうして、そんなことが？」

増吉は目を瞠った。

「あなたが娘さんに一目惚れしたように、娘さんもあなたをここで見初めていたのです。あなた方は互いに惚れ合っていたことに、気づかないでいたのです。さあ、行きましょう」

診療所への道すがら、沙織と和之進からすべてを聞いた増吉は、

「良縁を断るのは身勝手すぎると、正直、気が重かったのです。ですから、あまりに何もかもが幸運すぎて、世の中が虹色に霞んで見えます」

呆然としていたが、診療所の玄関に座り込んでいるお波留の姿を見ると、何も言わずに駆け寄って、力一杯抱きしめた。

心に決めた相手が、件の縁組みの相手だと知らされたお波留もまた、

「怖いくらい幸せ――」

あとは言葉にならなかった。

翌日、三丸屋と常田屋の双方から、初夏の風物である鮎や蕨《わらび》を模した物、笹の葉で巻いた葛羊羹等、伊勢屋の菓子が届けられてきた。

「手術法は決まったか？」

小豆おぼろの生地で包んだ栗そぼろ羊羹に手を伸ばした克生が沙織に訊ねた。

「今一つ確信が持てなくて迷っています」

沙織が、おずおずと低い声で答えると、克生は懐からおもむろに、自分の今までの手術を記した日記を取り出し、沙織の目の前に置いた。

沙織が重症の瘻管患者お米の手術に踏み切ることを克生に告げたのは、その四日後のことであった。

「手術は明日と決めました」

冷静に言ったものの、沙織は興奮と緊張の極みにあった。

「それで手術法は？」

真剣な目の克生は尖った顎を心持ち上げた。

「左腎を切除します」

沙織はきっぱりと言い切った。

「なるほど」

克生はさほど驚かなかった。

「先生の手術日記を拝読させていただいたおかげで決心がつきました。片方の腎の臓を切除しても、犬や猫は生きながらえたと書かれてありました」

「その通りだ」

「人への手術でこれを用いたことは？」

「ある。しかし、犬猫と同じではなかった」

予想していた事実だったが、沙織は自分でも情けないほど動揺して、

「心の臓にできた傷を見事、縫い合わせた快挙を封じられる謙虚さをお持ちになりながら、なにゆえ、こちらの失敗は明らかになさらないのですか」

思わず、責める口調になった。

「患者の命を守りきろうとして、できぬこともあるのが手術、ひいては医術というもの。この先、あなたのような医術に関わる者が、命を守りきれずに負う心の痛手を恐れて、手術に尻込みするようなことがあってはならぬと、わたしは考えている。心の臓の手術は広く蘭方の文献を当たっても、ほとんど見当たらず、患者の生還など夢のまた夢とされている。あの時、心の臓を守ることができたのは、条件と偶然がこちらに微笑みかけてくれたからにすぎぬ。一方、腎の臓ともなると、異国の多くの医者たちが数多く試みてきている。手術中、患者は死なず、術後も三日、四日と長く生き延びている。全快まであと一歩だったという話も聞いている。病んだ片

腎の切除と患者の治癒は、すぐ目の前にある勝利なのだ」

克生は静かに語り、

「困難を極める手術となるゆえ、和之進にも手を貸してもらうことにする」

言葉を結んだ。

手術の前日、

「いよいよ、明日、そなたが授けてくれたこの鼻で、江戸屋敷の父上にお目通りすることとなった。今後は、雑念を捨て、ただただ命ある限り、民のため、政に専心するつもりだ」

鼻欠けでなくなった鼻欠け様は、しみじみと克生に言い残して、離れの病室を立ち去った。お米は明日、生死を決する手術を受ける当人とは思えないほど、

「めでたい、めでたい、うれしい。あたしゃ、もう、いつ死んでも心残りがない」

顔を真っ赤にしてはしゃいでいた。鼻欠け様の粋な計らいで、お米の一人娘で長屋小町のお幸が、まずは、武家の養女となり、近く、鼻欠け様が藩主となる井川家の家臣、つまり、あの日、草兵衛長屋を訪れた侍の許に輿入《こしい》れすることが決まったからであった。

九話　勝利

一

当日、手術台の上に身を横たえたお米は、恐怖のため大きく目を見開くと、

「ああ、これがこの世の見納めなんだと思うとたまらない。せめて、孫の顔を一目見てから死にたい」

ぶつぶつ呟いていたが、

「さあ、神薬を吸い込んで」

和之進が操る麻酔で深い眠りに入った。

「始めます」

メスを手にした沙織はそっと目を閉じて、常日頃の手術に入る時の克生の姿を、我が力に変えようとした。

「沙織先生、お願いします」

沙織を初めて先生と呼んで一礼した克生は、後ろに控えている。

「始めます」

繰り返したのは突然、先生と呼ばれて、心の重みが、また一段と増したからであった。

沙織は一度手にしたメスを置くと、腹部瘻孔の切り口に右手を差し入れた。下腹部に残されている尿を通す管の末端を結べば、左腎が萎縮《いしゅく》、機能が停止して、尿漏れや瘻管はなくなるはずであった。だが、残っている管は切り口からあまりにも離れていて、これを結びきることはできなかった。

「手を止めよ」

克生の声が飛んだ。

「そのまま手を進ませれば腹膜に届く。腹膜を傷つけては、取り返しのつかぬことになる。迷うな。己を信じてやり遂げるのだ」

応える代わりに沙織はメスを取った。医書に描かれた筋肉や脂肪組織、腹部の臓器の様子は、すでにしっかりと目に焼き付けてある。躊躇いなく、仙骨筋に至る皮膚と脂肪組織を切り開き、肋間動脈を結ぶと、後部繊維質腹膜層と腎臓の脂肪被膜へとメスを進めた。

「なかなかよい」

克生は沙織の迅速さを褒めた。沙織は両手指を使って、肋骨の下の腎の臓を慎重に分け剝がし始め、血管の門まで進むと、克生が隣に並んでさっと血管の門を結んだ。

「さあ、迷わずに腎の臓を切除するのだ」

しかし、沙織が腎臓を血管の門から離したところで、どっと血が噴き出した。

「気にすることはない」

これも克生が止血した。だが、それでも血は止まらない。師を押しのけるようにして、沙織は夢中で三度目の結びを行った。こうして止血が叶うと、それまで腎の臓があったはずの大きな穴は、煮沸した晒で手早く清められ、手術での切り口が縫合された。お米が病室へ運ばれると、腎臓が膿盆に入れられて沙織の目の前にあった。

沙織の目から安堵の涙が滴った。

「あとは患者の生きる力だ。あのような身体でここまで生き抜いてきたお米なら、大いに期待が持てる」

克生は予後について楽天的な物言いをしたが、それから一月ほどは、当のお米だけではなく、沙織にとっても試練の日々が続いた。

麻酔から醒めたお米は、

「ここは天国？　それとも地獄？　地獄は嫌だ、嫌だよ」

錯乱状態となり、絶え間なく吐き続けて、沙織一人が診療所に泊まり込むだけではなく、和之進の手まで借りて、誰かが昼夜付き添わなくてはならなかった。

五日目になってもこの症状が止まず、もしや、これが腎の臓を切除したせいではないかと疑った沙織は、右腎が膀胱から出している尿を調べた。血は混じっていなかったが、白湯《さゆ》を与えても吐き、手術の切り口から膿が流れ出てきた。

九日目になると、お米は始終震え、脈も弱くなり、十日目には手術の切り口の化膿が悪化した。

この症状について克生は、

「切り口の化膿や絶え間ない震えを伴う肺炎は一時、身体の力が弱っているからであって、腎の臓が一つになってしまったために起きるのではない。尿も出ている。残った腎の臓がもう一つの腎の臓の役目を引き受けている証だ。救いはまだある。腹膜炎の兆しを示す腹壁の緊張だけは見られない。大丈夫だ、きっと治る」

微塵も表情を曇らせずに言い切ったが、瀕死のお米を目の当たりにしている沙織は、不安を抱えたまま、診療所でまんじりともできぬ夜を繰り返した。今日も生きていてくれたと、夜が明けると安堵する、祈るような一月が続いた。克生の予見通り、肺炎と化膿による高熱はやがて治まり、一月が過ぎた頃から、お米は急速に快方へと向かった。

布団の上に起き上がれるようになったお米は、まだ、歩くことこそできなかったが、

「お幸が、お武家の奥様になるのだから、白無垢《しろむく》ぐらいは縫ってやらなければ――」

すいすいと針を動かす仕種をしてみせ、

「沙織先生なら、どんな地柄がいいか、わかるでしょうから、一つ、呉服屋に行って見立ててきてください。大丈夫、残りのお代はきっと払います。あたしは、もうこの通りなんだから、どこででも雇ってもらえる」

着物の襟に縫い込んであった二分金を、沙織に渡そうとした。手術の切り口こそ化膿が完全に癒えていなかったが、あれほどお米を悩ませ死を願わせた瘻管は自然に閉塞している。

「元気な様子、何よりです」

にこにこと克生が笑いかけると、

「先生、いいだろう？　ここで娘の白無垢を縫っても。それだけはさせてくださいよ」

すかさず、許しを乞うた。

「手術の痕が綺麗になるまでは微熱が続いて、疲れやすいので、安静が何よりなのですが、たった一人の娘さんのためでもあり、まあ、大目に見ましょう。ただし、くれぐれも、稲荷寿司や大福は食べすぎないように。あなたは腹の病なのです、忘れてはなりません」

好物を娘のお幸に運ばせているのを、克生に知られているとわかると、

「はい、わかりました。気をつけます」

お米はぺろりと舌を出して、首をすくめた。

奇跡とも言えるお米の治癒を耳にした鼻欠け様、今は平野藩藩主となった井川元久は、お米の娘お幸が嫁す中江家に若干の加増と、お米のための一室を設けるようにと命じた。

これを聞いたお米は、

「娘と一緒に暮らすことができるなんて――。そんな有り難いことって――」

平野藩の江戸屋敷がある方角へ、毎朝毎晩、手を合わせ続けた。

やがて、皐月《さつき》の半ばに執り行われた祝言を機に、娘夫婦の許へと移る日が来た。

「そもそも、あたしはじっとしてるのなんて、性に合わない。元気になったこの身体にどんどん働いてもらって、娘たちのためになってやらなきゃ――」

お米が意気込むと、

「十日に一度往診を続けます。全快してはいないのですから、わたくしが、よしと言うまで、決して立ち働いてはいけません。これにはあと四月《よつき》ほどかかります。そ

の頃には娘さんからうれしい報せを聞けるかもしれませんよ。元気はお孫さんと楽しく遊ぶのに取っておかれることです」

沙織は優しく諫めた。こうしてお米が幸福に包まれて診療所を去ってまもなく、久々に善田屋松右衛門が訪れた。

「いやはや、こちらには、すっかり、ご無沙汰してしまっておりまして――」

挨拶をした松右衛門は穏やかな笑顔を向けた。

二

患者の診療を終えた克生は、松右衛門の訪問を自分の部屋で聞いた。湿った布団を除け、畳を上げて、せせらぎ村の恩師松山桂庵が残した治療日記を取り出したところであった。

「せっかくいらしたのですから、念のため、口中を診せてください」

治療処で向かい合った松右衛門は、渋々口を開けた。

克生は手術痕を丹念に調べた。

「悪いところはありません。舌の悪い出来物は再発しにくいとされていますが、二度とできないというものではありません。時折、診せに来てください」

「はい。ところで、わたしは今まで、医者も銭稼ぎの仕事の一つだと思っていましたが、先生のおかげで、あのような不思議な心の病から癒えてみると、医者とはもっと尊い生業《なりわい》だと考えを改めさせられました。この診療所で荒稼ぎをしようとしていた自分が、恥ずかしくてならなくなりました。先日、お納めした結石摩滅器のほかに、何なりとさせていただきたく」

松右衛門の目は真剣で、その表情はすがすがしくさえあった。

「では、まずは、あまりこの診療所の収支を気にしてほしくありません」

克生が正直な胸の裡を口にすると、松右衛門は苦笑いをし、

「それはもう、重々、わかっております。何か欲しいものはありませんか？　わたしの浅知恵で思いついたのは、これぐらいで」

風呂敷包みをほどいて、顕微鏡を取り出した。外国から長崎にもたらされるものを真似《まね》た木製の高価な顕微鏡は、瀟洒な調度品として富裕層に買いもとめられていた。

「ほう、顕微鏡ですか」

克生は差し出された顕微鏡を手にして、レンズに目を当てた。

「異国では、こぞって医者たちがこれを手に入れていると聞きました。となれば、先生にも是非」

克生は有り難く押しいただいた。

「これだけでは気がおさまりません。どうか、ご入り用なものを遠慮なくおっしゃってください」

「本当によろしいのですか?」

「もちろんです」

「この敷地の裏手に湧き水を見つけました。そこを掘って井戸を造りたいのです」

「湧き水? 地中に埋められている木樋《もくひ》ではなく?」

木挽町には、四谷大木戸から分流させた、玉川上水の木樋で飲料水が給水されている。

「木樋の通っている場所とは異なる所で湧いているので、紛れもない清水でしょう」

「すぐに、中水の井戸などではない、とびきりの掘り抜き井戸を掘らせます」

地中の岩の上から湧き出る水を汲み上げたのが中水の井戸で、これは洗濯などの雑用水にしかならなかった。飲料水にするために、地中の岩を突き抜いて、岩の下から湧く正真正銘の清水を汲み上げるのが、掘り抜き井戸の真骨頂であった。

「これだけでは寂しいですよ」

松右衛門はさらに克生に要求を促した。

「薬草園を湧き水の近くに造りたいです」

「早速造らせますが、いったい、何の薬草を植えるおつもりなのです?」

「ニンニクです」

克生が先ほど手にした治療日記は、桂庵と、克生が愛した美和の命を奪ったコロリ（コレラ）への並々ならぬ怨念の自覚ゆえに、しばし、封印されていたものであった。

桂庵父娘を失った悲しみに明け暮れ、病魔という見えざる敵に憎しみを募らせるだけの人生を克生は恐れた。心のなすがままにしていたら、メスを手にすることもできなくなるだろうと、思ったからである。

父娘やコロリについて思い出すまい、ただただ己のできる医療に励もうと決めて封印したのであった。

そんな克生にとって、沙織が成し遂げてくれた腎の臓の摘出は、己の外科術の一区切りでもあった。やっとここまで来たという感慨が熱く胸をよぎり、気がつくと、自ら封印を解こうとしていたのである。

さらなる手強い敵に闘いを挑む時が来たのだと克生は感じていた。

松右衛門の厚意と手配で、半月も経たないうちに、診療所の裏手に、常に清水を湛えている見事な掘り抜き井戸と、広いニンニク畑が出来上がった。掘り抜き井戸の清水は、まずは、心を鎮めて時には眠りを誘う、ヒロハラワンデル（ラベンダー）やカミツレ（カモミール）、老いた者の憶えを助けるマンネンロウ（ローズマリー）、食べすぎによる胃もたれの特効薬ウイキョウ（フェンネル）等の薬茶に使われた。

診療の合間、沙織がヒロハラワンデル茶を淹《い》れると、

「何とも芳《かぐわ》しい香りだ。このような香りだけのために、この清水が使われ続けてほしいものだな」

ふと漏らして口元を綻ばせた克生の目は笑っていなかった。

「先生はニンニクもヒロハラワンデル等同様、芳しいと感じられているのですか？」

やや顔をしかめた沙織が訊ねた。

「ニンニクの葉も鱗茎と同じ匂いがする。おそらく薬効が葉にもあるのだろう。何とも頼もしきことだ。そうは思わぬか？」

相づちをもとめられた沙織は、

「思いません。わたくし、ニンニクは苦手でございます」

きっぱりと答えていた。

今まで沙織は自分には克生への想いがあると思ってきた。その想いは、早世した前夫や正吉に感じるものとは明らかに異なり、医者である父玄斉への屈折した思慕に近かった。そして、これには父親への反発も含まれていたのだと、沙織は初めて気がついた。父玄斉は、弟子たちには厳しかったが、沙織は叱られた記憶がなかった。それを沙織は、自分が男子でないことで、失望しきっている父親が、要らぬ気遣いをしているのだと受けとめた。それゆえどんなに医術ができても自信が持てず、わざと父が忌み嫌うであろう、優しいだけの男に惹かれてしまっていたのだと。そして、今、父や克生、前夫や正吉とも違う相手に惹かれている自分に気がつき始めていた。わたしの行く道に支えになってくれるお方、二人して歩いて行ける道——。

「ところであなたはまだ、父上に腎の臓除去の手柄を話しておらぬだろう」

克生は突然、話を変えた。

「わたくしのあれは、先生の心の臓の縫合同様、瓢箪から駒でございますゆえ、これからも告げるつもりはございません」

「あなたにとって父上はニンニクか？」

「そのようでございます」

「ニンニクはよく効く薬だというのに残念だな」

「効いてはおります。良薬のニンニクは敬うべき代物ではございましょうが、やはり好きではございません」

沙織はこの一言で、娘としての思慕だけを残して、長きにわたる父への反発が氷解するのを感じた。

「お米の命を守ったあなたのあの手術ほど、見事なものをわたしはまだ見たことがない。女子だからといって、下がらず、これを機に自信を持ちなさい」

「過分なお褒めのお言葉、胸に響きました」

頭を垂れた沙織は、遠くで父玄斉の声を聞いたような気がした。

「でかした。娘のおまえを終生、誇りに思うぞ」

三

「このところお疲れのようですね」

妻陽恵から案じる言葉を掛けられた据物師小田孝右衛門は、答える代わりに、

「八百福まで人をやって、柳橋の船宿に東坡煮《とうばに》と鰯のさつま揚げの重詰めを届けるように」

手土産の注文をした。豚肉に大葉を載せて、三刻（約六時間）ほど蒸し、独特の甘辛醤油だれで仕上げる東坡煮は薬食いの傑作であり、鰯のさつま揚げの醍醐味は、手で裂いた鰯の身を包丁で粗叩きにした食味が素晴らしかった。どちらも典薬頭半井瑞光の好物である。

「典薬頭様からのお呼び出しですか？」

陽恵は眉を寄せた。

「治療丹の評判のことではないかと思う」

代々、小田家の副業になっている治療丹は、刑死した咎人の死体で試し斬りをした後、肝の臓等を抜き出して干し上げ、丸薬に作られる。まさに小田家だけに許されている御用役得であった。万能薬とされる高価な治療丹を売って得る利益は、小田家を現在のように富ませているだけではなく、典薬頭や若年寄、医薬を司る幕府の重職者たちに納められてきた。

「ここ三月ほど、治療丹の売れ行きがはかばかしくございません。もしや、品が悪いとお叱りを受けるのでしょうか？」

陽恵は夫に怯えた目を向けた。

「治療丹の売れ行きが鈍ると、納め分が減るのではないかと案じておられるのだろう。皆様は御先祖様の代からそれを内証に入れてこられたゆえな。なに、案じることはない。貯えのうちから足して差し出せばよいのだ」

孝右衛門は精一杯の笑顔で笑い飛ばしたが、治療丹についての重大事は陽恵には告げていなかった。

日暮れて、孝右衛門は大川に浮かべた夕涼みの屋根舟の中で、典薬頭半井瑞光と向かい合っていた。孝右衛門が用意した八百福の料理に箸を伸ばし、盃を重ねているのはもっぱら瑞光一人であった。

「早すぎる暑気中《あた》りか？」

鬢に白いものがちらつく瑞光は、やや垂れてきた切れ長の目の端で笑った。

「承知していると思うが」

瑞光は盃を置いた。

「はい」

「薬種屋で安く、よく効くという治療丹まがいが売られている。名は薬種屋が勝手につけているのだが、要はどれも人肝だという」

「耳にした時は、獣の肝を偽っているのではないかと思いましたが、薬種屋へ出向いてみて、偽りでないことがわかりました。正真正銘、人肝薬でした」

「お上を欺いて人肝を売るは大罪じゃ」

瑞光はかっと大きく目を見開くと、そこに咎人がいるかのように宙を睨んだ。

「処刑場やキモ蔵から、刑死体が盗まれるようなことはなかったか？」

「それはございませんが、人肝作りの悪党は、物乞いなどを雇って、行き倒れの骸を集めさせているのではないかと思います。一体幾らと骸に値がつくとなれば、大喜びで加担するはずです」

孝右衛門は思うところを口にした。

「そなたのことだ。さらなる調べはついているのだろう？」

瑞光は目を細めた。

「小田家は人肝の専売を一手に任されてまいりました。この御恩に報いるためにも、人肝作りの大罪人は、この手で突き止めねばなりません。只今、必死で調べているところです。人肝で一山当てたつもりの悪党たちが、このために、人を殺めていなければよいとわたしは思っております」

「確たる証は摑めそうか？」

「ほどなく――」

「叶わぬ場合は？」

「その時は御慈悲にすがるしかございません」

　孝右衛門は腹の奥から絞り出すようにしてこの言葉を口にした。小田家は刀の鑑定等で、将軍家をはじめとする、大名家や大身の旗本たちと親しくしてはいたが、身分は浪人である。償いの道は、貯えを切り崩して差し出すしかないのである。

「そうか、そこまでの覚悟か」

　大きく頷いた瑞光の目は、皺の中に埋まっている。

「涼み舟の酒は美味いな」

　再び盃を取り上げた瑞光は、

「ところで、越中島調練場あたりに鼠が群れをなして現れたという。こんなことが何年か前にもあった。あの時は鼠ではなく蛙だった。その後すぐ、コロリが市中を荒れ狂った。その予兆でなければよいが――。今回の人肝の一件、そなたも気が揉めるであろうが、まあ、コロリ禍の再来に比べれば、まだ、ずっとましだ。な、そう思うであろう?」

　いとおしそうに酒を啜った。

　翌々日の夜半、孝右衛門と和之進は診療所の客間で克生を交えた三人で、マンネンロウを大葉の代わりに使った、克生流の東坡煮を肴に酒を酌みかわしていた。

「面白い捕り物だったようだな。ならば一声掛けてくれれば参じたものを」

克生は不満げに漏らしたが、和之進は首を横に振った。

「今日も夕方まで手術が立て込んだと聞いておる。忙しい克生先生に、そうたびたび難儀はかけられぬ」

「今回のことは義兄上にどれほどご苦労をおかけしたか知れず、この通りです」

孝右衛門が改めて和之進に頭を垂れた。

克生は、人肝を作るために、物乞い、夜鷹《よたか》を相次いで殺していた悪人を二人が捕縛した経緯を聞いていた。

「奴らが狙うとしたら、手軽に手が届く上に口封じもできる、金で雇った物乞いや夜鷹だろうということと、肝を抜いた後の骸の始末が気になって、物乞いや夜鷹の葭簀張りを調べ尽くしたのだ。すると、一人、また一人とその数が減っていることに気がついた。仲間に行き倒れ集めに関わっている者がいれば、いずれ殺されて肝を抜かれてしまうのだと、連中の頭に伝えたところ、割りのいい仕事を持ちかけられている奴がいると報せてきた。その二人に囮《おとり》になってもらい、俺たちは、そいつらの後を尾行た。人家のない寂しい場所の小屋の前に大八車《だいはちぐるま》が置いてあって、二人はそれを押させられて川へと向かった。川岸に着き、〝さあ、こいつらを捨てろ〟と、悪党の一人が叫んで、大八車の上の菰を取り除けると、脇腹に大きな穴の開いた骸が折り重なっていた。骸が川に投げ込まれると、〝人肝ほど儲かるものはない。だから骸はいくらあっても足りないのだ。おまえらもそろそろ骸になってもらおうか〟と悪党たちが物乞い二人に飛び掛かった。そこを一網打尽に取り押さえたのだ」

「しかし、人肝作りの張本人が、上方の据物師とその弟子たちだったとは驚かされました」

「人肝など慣れていなければできぬ代物ゆえ、製法を知った者の仕業ではないかと思い定めていたが、捕らえた後で、お偉方からの文句が出ぬよう、いよいよとなるまで手は出せなかった。人を殺そうとしているところを押さえねば、確たる証にならぬからな」

　そう言って満足そうに話を締め括った和之進だったが、

「飲みすぎたようだ、そろそろ帰らねば」

　立ち上がろうとして、眩暈《めまい》をおこし、ぐらりとよろけた。額には冷や汗を滲ませていた。

四

あろうことか、和之進の身体は前に進まなかった。つま先と指先に痙攣《けいれん》が起きていたのである。

「今宵はここへ泊まっていけ」

「酒が泊まっていけと言っているようですね」

克生と孝右衛門が勧めると、

「そうさせてもらうしかない。酒に足を取られて動けない」

ため息まじりに頷いた和之進の顔は、蒼白だった。

「わたしは失礼します。義兄上、今日は本当にお世話になりました。普段、酒に強い義兄上がこのように酔われたのは、きっとお疲れが出たせいでしょう」

孝右衛門は和之進に対してさらなる礼の言葉を伝えると、裏木戸で待たせていた駕籠に乗って帰って行った。

「まあ、念のため」

和之進の手首に触れた克生は眉を顰めた。

「飲みすぎにしては脈が弱すぎる、おかしい」

「いや、やはり飲みすぎだ」

そう呟いたとたん、和之進は縁側まで這い、嘔吐した。

「これが証だ、一晩経てば治る。案じるな」

振り向いて、克生に言ったものの、

「これはいかん」

すぐに腹を押さえ、よろけながら厠へ行った。戻ってきた和之進は、

「飲みすぎでも下すことがある。熱もないし大丈夫だろう？」

何かを恐れているような目色で克生に相づちをもとめた。

明け方まで和之進は嘔吐と下痢を繰り返し、顔は尖って小さくなり、眼窩《がんか》が異様に落ち窪んだ。指とつま先が紙のように薄くなり、皮膚には皺が寄った。手の甲には黒ずんだ静脈が浮かび上がり、爪は青白い。

「あたりが白んできたゆえ、先ほど、何を吐き下しているのか、この目で見ること

ができた。厠でも確かめた。米のとぎ汁のような白い汁が次から次に身体から出てくる」

和之進は怯えた目を克生に向けて、

「どうやら、コロリに取り憑かれてしまったようだ」

「いよいよおまえもか」

克生はわざと戯《おど》けた。排出物が米の白いとぎ汁のようであるのは、コロリ患者の主たる症状であった。

「コロリに効く特効薬はない。罹れば十中八九、命を失う。よろしく看取《みと》ってくれ」

「いや」

克生は大きく首を横に振って、

「わたしは、神薬、神業遣いで市中に知られた里永克生だ。友達をコロリごときで見殺しにしたとあっては、何とも体裁の悪い話だ。秘策がある。必ず治すゆえ、安心して養生するのだ」

大声で励ました。

「わかった」

　和之進が霞みかけた目を気合いで瞠って、

「秘策など本当にあるのか？」

「ある。なければ、わたしが、おまえたちの捕り物から除け者にされた意味がないではないか。わたしは忙しい医者ゆえ声を掛けなかったと聞いた。医者ならば、コロリに勝って、おまえの命、何としても守り通さねばならぬ」

　克生は微笑んだ。

「ご免ください。大変です、お願いです」

　この時、聞き覚えのある声が訪《おとな》いを告げた。

「留吉ではないか？　どうしたのだ？　このような早くに――」

「おっかあの長屋で昨日の夜から、ばたばた人が死んでるって、水売りをしてる矢吉が報せに来たんで行ってみると、まだ生きてる人も酷く吐き下して苦しんでて、そのうち、矢吉まで同じようになって――。もしかしたら、これが噂に聞いてるコロリじゃねえかって――」

　がたがた全身を震えさせている。

「その震えは止められるか？」

克生はまずそれを訊いた。

「ここへ来て先生の顔を見たら、少し気が落ち着いてきた」

「よし、おまえには、まだコロリの様子は出ていないようだ」

克生はほっと胸を撫で下ろした。

「おまえの……母親は……どう……なった？」

和之進がふらつく足どりで厠から戻ってきて訊いた。

「駆けつけた時にはまだ息があったけど、しばらくして死んだよ。〝会えてよかった〟って最期に言い残した。おっかあの死に目に会えたのがせめてもと思ってる。報せてくれた矢吉のおかげさ」

留吉は涙ぐんで目を伏せた。

「長屋に、まだ生きている者はいるのか？」

和之進は苦しそうに言葉を続けた。

「矢吉とか若い連中だけだ。けど敵がコロリじゃ、誰も勝てないよ」

一旦顔を上げた留吉が項垂れると、無言の和之進は克生を見つめて、留吉の方へ顎をしゃくった。

「わたしに矢吉の長屋へ行けというのか？」

克生の念押しに和之進は大きく頷いて、

「ここは俺だけだが、向こうは数が多い……。しかも……若者たちだ。先に……向こうを……助けてやってくれ」

一瞬ではあったが、落ち窪んだ目をきらりと光らせた。

この後、克生は念のため、入所患者の様子に変化がないことを確認すると、三枝家に使いを出し、沙織を診療所に呼んだ。駆けつけてきた沙織は、早急に克生の秘策を伝授された。そして、留吉と一緒に出かけて行く克生を見送ると、てきぱきと和之進のための治療を始めた。まずは掘り抜き井戸へ行き、清水を汲み上げてきた。

そして、

「これを飲んでください」

和之進に差し出した。

「飲めば吐き下しが……酷くなる」

抗う和之進を、

「〃飲まないと、そのうち、弱りきって、厠へも這って行けなくなり、垂れ流しつつ死ぬ。それが嫌なら、これを飲み続けろ〃と先生は言い置かれました」

沙織は何とか得心させようとした。

「ならば致し方ない」

和之進は湯呑みに汲まれた清水をがぶりと飲んで、

「沙織さん、あなたにだけは……垂れ流す様を……見られたくはない」

知らずと沙織の顔を正面から見つめていた。和之進が実はこれほど思い切って、そして長く、沙織の顔を見つめるのは初めてであった。

「わたくしなら構いません」

「あなたは医者ゆえ、そう思われるのだろうが――」

「いいえ、そうではありません。わたくしはどんなあなたでも構わないのです。ただ、生きていて、わたくしの近くにさえいてくだされば、それだけでうれしい。あなたのいらっしゃらないこの世など、何の未練もありません。そんなことになるのなら、いっそわたくしもコロリで逝ってしまいたい。お願いです。わたくしのためにも、先生の秘策に従ってコロリと闘ってください」

沙織は頬を紅潮させて声を詰まらせた。

「よし、俺は闘う。あなたを……巻き添えにはできませんから」

和之進は立て続けに湯呑みの清水を呷《あお》った。

五

克生は留吉と共に土器町《かわらけちょう》の榎坂《えのきざか》にある弥兵衛長屋へと向かった。いち早く、死臭を嗅ぎつけたのか、頭上ではカアカアとカラスが甲高く鳴いている。

ここで克生は瀕死のコロリ患者を診た。

「吐き下しだけじゃねえ。身体の痛みときたら、まるで棍棒でぶっ叩かれたみてえだった」

留吉の友達の水売り矢吉は怒った声を出した。話せる者はそれほど症状が重くないが、酷い痙攣を起こしている患者たちの多くは、

「手足が……痛い」

「痛い……痛い、く、苦しい……」

呻きながら、膝を曲げているだけではなく、両腕も捻《ね》じ曲がっている。

「怖い、怖い、助けてくれ……」

七転八倒しながら、時折、金切り声を上げて、首を振り子のように力一杯振る者もいた。とはいえ、こうした悲鳴こそ、コロリ患者にとって、この先、万に一つ命を永らえられるかもしれない、唯一の見込みだった。

克生は、まだ顔や身体に鈍《にび》色や紺青《こんじよう》色、茄子紺《なすこん》色、黒色の斑が出ていない者でも、声を出すように促して、応えられない患者の許には長く留まらなかった。そこまでコロリが悪化した者は息を吸う時、唇から白い泡を噴き上げ、息が吸い込めなくなり、手首を震わせながら意識を失い、やがて死に至るのである。今は何かしら話せる患者たちも、いずれは、何回も身体を左右に寝返りさせて、心の臓あたりの堪えきれない重さを訴え、息をしようともがいた挙げ句、四肢や腰を痙攣させつつ、

「みず……、みず……」

これだけしか口から出ないようになる。

「苦しんでいる者たちに水は与えているのだろうな」

克生は留吉に念を押した。

「そりゃあ、もちろん。まだ元気な奴らが相談して、病人が欲しがる水だけは飲ませようってことにしてるんだそうだ。コロリに罹ったら死んじまうんだから、せめて生きてるうちにって。吐き下しが始まってすぐから、飲ませてるんだって——」

「水を飲ませているというのに、よくなる者は一人もいないのだな」

　克生は首を傾げた。

「水は薬じゃねえからだろう」

「どこの水だ？」

「長屋の井戸のさ」

「なるほど、そうだったのか」

　克生は独りごちた。

「たしか、この近辺には、掘り抜き井戸はなかったな」

「そりゃあ、ないよ。このあたりの井戸はどこでも上水井戸だけさ」

「それでは、すぐにおまえの知り合いで、力自慢の若い者たちを集めてくれ。とりあえずは、木挽町から掘り抜き井戸の水を運ぶ」

「どうして、ここの井戸じゃ駄目なんだい？」

「それはいずれわかる。コロリには水が一番の薬だが、ここの水では薬に使えない。薬が毒になってしまっている。わたしを信じて、言う通りにしてほしい」

「信じるよ」

留吉は大きく頷くと、

「おいら、先生に極楽で歯抜きと腹の手術をしてもらわなきゃ、今頃、地獄にいたかもしんねえんだから」

こうして、大樽に詰められた診療所の水が、留吉が集めた若者たちによって天秤《てんびん》棒《ぼう》に担がれて弥兵衛長屋へと運ばれ、

「吐いても下しても、とにかく励まして飲ませるのだ」

克生は留吉にコロリの看護の心得を強調した。

「先生、倉本様が――」

木挽町では沙織が克生の戻りを待っていた。

「全身の痛みに耐えられておられますが、土気色の足と手がことのほか冷たく、縮んで皺がまた一段と増えました。水を飲んでも飲んでも吐き下されるので、お話もお辛いように見受けられます。もう、水だけでは対処できません。このままでは倉

本様が——」

沙織はすがるような目で涙声になった。

「秘策はまだある」

克生は鍬を手にするとニンニク畑へと走った。青々と葉を繁らせているニンニクの鱗茎を、二つ、三つ掘り起こすと、厨へと急ぎ、摺《す》り下ろして汁を搾《しぼ》る。それを清水の入った水桶に垂らすと沙織を呼んだ。

「これを和之進に飲ませるんだ。最初は清水で充分に薄め、身体が受けつけるようになったら濃くして与える。よいな」

「わかりました」

沙織は重いはずの水桶を軽々と抱えて、病臥している和之進のところへと走って行った。

この後、克生は再度ニンニク畑で鍬をふるい、厨に籠もって、ひたすら、弥兵衛長屋へ届ける水樽に入れるニンニクを搾り続けた。

一方、麴町平河町の小田家では、当主の孝右衛門が夜間から身体に変調をきたしていた。突然、怒濤のような吐き下しに襲われ、喉が灼けるように渇いた。和之進同様、厠通いを繰り返しているうちに、早朝、白い水を下しているのだとわかった。

「コロリに罹ったゆえ、わたしは厠へ籠もる。いずれ死ぬだろう。コロリにはコロリ気というものがあって、それを吸い込んで病に罹るとも言われている。誰も、特に子たちは、くれぐれもここへは近づけるな。しかし、水、水だけは飲みつつ死にたい」

孝右衛門は、妻の陽恵に言い置いた。

「わたしが病のお世話をいたします。どうか、厠からお出になってください」

陽恵は吐き下しに伴う悲痛な音の合間に、空の水桶が差し出される厠の前で懇願した。

「せめて、杉田真丈《すぎたしんじょう》先生に診ていただきたいのです」

蘭方医杉田真丈はコロリの専門医であった。何年も前の江戸のコロリ禍の折、阿片とキニーネによる阿蘭陀《オランダ》仕込みの治療を実践したとして、高い評価を受けている。

「コロリに罹った大店の主夫婦が、杉田先生の治療を受けたところ、永らえたという話を聞いています」

「それは桐乃屋の主夫婦のことであろう。そんなものは瓦版屋の法螺《ほら》にすぎない。

コロリは死病、もはや、治る手だてはない」

するとそこへ、弥兵衛長屋のコロリ騒動を聞きつけた典薬頭からの書状が届けられた。コロリ対策の相談をしたいので、献上用の人肝持参の上、急ぎ屋敷まで参上するようにと書いてあった。

「またしてもコロリに人肝とは、虚《むな》しい限りだ」

孝右衛門は苦々しく呟いた。高価な人肝がコロリにも効く万能薬だと信じているのは、幕府の重職者たちにも多く、八年前のコロリ禍の際、小田家では将軍家をはじめとして、惜しみなくこれを献上した。

「わたしがコロリに罹っているとは口が裂けても言ってはならぬ。存分な人肝を用意して、まずはそれだけを届けよ」

すでに、孝右衛門の息遣いは、はあはあと荒くなってきている。

六

克生は汐留川川岸の葭簀張りの前で、真っ先にコロリで落命した幾体もの骸を呆然と見下ろしていた。恩師松山桂庵と娘美和が命を奪われた村にも川が流れていたからであった。

〝コロリの病禍は村人たちが日頃、暮らしに用いている、有り難いこの川からもたらされたのではないか〟

と桂庵は治療日記に記していた。

ここで一旦、日記が途切れているのは、美和や桂庵までコロリの魔手に搦《から》め捕られつつあったからに違いなかった。日記は乱れた筆遣いで以下のように続いていた。

〝美和が死んだ。やっと苦しみから解き放たれたのだ。せめても、魂の平安を喜んでやらなければ。わたしも間もなくであろう〟

この箇所を読んだ時、克生は大事な二人の命を、どうして自分が守ってやれなかったのかと、突き上げてくる悔恨は如何《いかん》ともし難く、大声で泣きながら、固めた拳で我が身を殴り続けた。水面にきらきらと陽が落ちている夏の川が、長く鋭い凶器のようにも見えた。

「だが、弥兵衛長屋のそばには、川も掘り割もない。市中では川の水を煮炊きに使うことはない」

どうして、弥兵衛長屋がコロリに襲われたのかわからず、克生は頭を抱えた。

〝コロリ禍は有り難いこの川からもたらされた〟

桂庵の声がどこかから聞こえる。

〝川よ、川に間違いない〟

美和の声も混じった。

〝川から――〟

〝川よ〟

二人の声を繰り返し聞きつつ、弥兵衛長屋に行くと、死人は増えていなかったが、

「大変だ。両隣の長屋だけじゃなく、表店《おもてだな》にもコロリは広がったってよ」

と聞き、克生はさらに頭を抱えた。

〝村人たちを診ていて、コロリは人の手から口を通して広がるように思われる〟

と桂庵は書いていた。

「料理屋の梅八でも、次から次に客が倒れて吐き下してるってさ」

料理屋ともなれば、食中りなど出ないよう、食材に留意し、水も専用の井戸から汲み上げて使っているに違いなかった。

桂庵の日記の一文が克生の頭に浮かんだ。

〝人は水なしでは生きられぬが、コロリ患者に川の水を飲ませても、恢復は望めなかった。まだ試してはいないが、掘り抜き井戸の水など、コロリとは無縁な場所の清水と、質の悪い食中りに特効する、ニンニクの搾り汁が救いとなろう〟

克生の耳には、

〝お江戸の川は見えない川――〟

〝今こそ、無念を晴らしていただきたい〟

〝どうか、コロリに勝って〟

桂庵と美和の声が聞こえた。

克生は急ぎ、木挽町へ戻ると、

「葭簀張りへ行った折、水を飲まなかったか?」

やや恢復の兆しが見え始めた和之進に訊いた。

「このところの暑さだ。物乞いたちから、いつも飲んでいるという川の水を勧められたが、近くを水売りが通ったので、孝右衛門が水樽ごと買い上げ、皆に振る舞った。川の水とは一味違う、よい味わいだと皆、喜んでいた。弥兵衛長屋に住まう水売りは矢吉という名で、〝これはとびきりの上水井戸の水で、市中一でさ〟と盛んに自慢していた」

和之進の話を聞くと克生はすぐに、ニンニクの搾り汁を入れたギヤマンの瓶を手にして、小田家へと走った。

「まあ、里永様」

出迎えた陽恵は外出の支度をすませている。

「今、旦那様の病のことで、そちらへ伺うところでした。コロリに罹り、厠へ籠ってしまわれた旦那様は、水を飲んで死ぬのなら本望と申されていますが、せめて克生先生の治療だけは受けてほしいと、説得したところでございます。でも、応える声がすでに弱々しくて」

「わたしがこうして治療に伺ったのですから、もう、大丈夫です。こちらはたしか掘り抜き井戸でしたね？」

「はい、左様です」

「ならば、これを混ぜて飲ませてください」

克生はギヤマンの瓶を陽恵に渡した。

「これで、吐き下しは止まるはずです」

心の作用も少しはあったのか、孝右衛門は一刻（二時間）ほどで、厠の扉のこちらに声が届くまでに恢復した。克生は陽恵の代わりに厠の前に座り込んだ。

「すると、あの物乞いたちを殺したのは、わたしが水売りの矢吉から買った水なのですね」

孝右衛門は呻き、克生は淡々と先を続けた。

「いや、これればかりは、あなたのせいでも、また、矢吉が悪いのでもない。どのようにして、箱下水《はこげすい》や下水堀と呼ばれる下水が、地下深くに染み込み、玉川上水から引かれてきている土器町の上水槽に混じったのかもわからない。ただ、コロリ患者が出ている弥兵衛長屋とその両隣の長屋、表店の料理屋は二十間（約三十六メートル）と離れておらず、上水槽から上水槽へ、コロリ禍が連鎖していったのはまず、間違いのないところです。これ以上、コロリ患者を出さないためには、下水がこぼれて地下深くに染み込まないよう、徹底して蓋をするだけではなく、コロリ禍が渦巻いている上水井戸の使用をしばらく禁じることです。お上に動いてもらうほかはなく、あなたの力が必要です」

「わたしにできることならば、何なりと――」

孝右衛門は生気を取り戻したような気がした。

この後、孝右衛門は克生に指南を仰ぎつつ、典薬頭半井瑞光への書状をしたためた。コロリ罹患から生還に至る、孝右衛門の緊迫した様子が切々と綴られているだけではなく、まだ、献上していなかった人肝、治療丹についても触れてあった。

〝コロリ禍撲滅のため、今回は御懇意の御商家の方々にも御協力いただければ幸いです〟と仄《ほの》めかし、献上品を横流しした利益を、懐に入れず、掘り抜き井戸の新設を主とする、安全な水の確保にまわすよう説いたのである。

桂庵から受け継いだ克生の治療法は、和之進や孝右衛門、長屋の人たちだけではなく、表店や料理屋の客たちをもコロリから癒した。

瑞光は書状の内容を、すべて受け入れた。

コロリによる死者は物乞いを含めても、二十人にまでは至らず、江戸の町は悪疫から救われた。

何日かして、克生は庭の片隅に横浜から付いてきたチンパンジー、クレバーの墓を建てた。沙織だけでなく和之進にもなついていたクレバーもコロリの症状を示したが、一切、水もニンニクも受けつけずに死に至った。

克生はクレバーの墓に手を合わせた。

〝我が医術及ばず、亡くなってしまった者たちのことを忘れたくない〟

七

秋が深まり冬の足音が聞こえ始めた霜月の吉日に、倉本和之進と沙織のささやかな祝言が執り行われた。当初、沙織の父玄斉は、医者ではない三十俵二人扶持《ににんぶち》の貧しい奉行所同心との縁組を喜ばなかった。しかし、沙織の医術への姿勢を和之進が好ましく思っていることを知り、また和之進の人柄に触れ、沙織の人を見る目の確かさを褒めた。

小田孝右衛門は義兄の一生の大事ということで、高級料理屋八百福での宴を譲らず、ささやかな小宴を望む和之進と沙織を閉口させたが、克生のとりなしで、八百福の料理を取り寄せ、診療所の客間にごく近しい者たちが集うということで落着した。

宴も酣《たけなわ》となった時、

「先生、大変だ。助けてくれ」

玄関で大きな声がした。

「瓦葺き職人の丹助がヘマをやっちまったんだ」

克生は診療着を羽織り、治療処へ入った。

和之進は沙織に、

「克生だけでは手が足りない。俺たちの出番ですよ。さあ早く」

和之進が言い終わる前に、沙織は立ち上がり、しごき帯をほどき、袖をたくし上げ、襷《たすき》をかけていた。そして、松右衛門が祝いにと持参した真新しい診療着を羽織ると克生に続いた。

「瓦を止めていた鉄釘が突き刺さっている。骨も複雑に折れている。難しいな」

克生の言葉に付き添ってきた仲間たちが、

「何とかしてくれよ、先生。助けてやってくれよ」

口々に悲鳴にも似た声を上げた。

「片足は諦めてもらうかもしれない。沙織さん、和之進、用意を」

和之進が麻酔で患者を眠らせる間に、沙織は樽一杯の祝いの酒を惜しげもなく使って、手当に使用する道具や血止めの晒を清めた。

克生が右手でメスを取り上げて、大胆にしかも正確に切り進めていく。

素早く沙織が術野を広げた。

酒の入った盥の中にしばし左手を沈めた克生は、

「行くぞ」

大声を発すると、左手を沙織が広げた術野に差し入れた。

「必ず抜き取ってみせる」

誰もが固唾《かたず》を呑んで見守る中、

「取れた。釘は幸い動脈の手前で止まっていた。足を切らずにすんだ。よかった」

克生は喜びの声を上げげて、

「すぐに細部の血管と傷口の縫合を」

沙織に命じた。

〝よかったですね〟

声が聞こえた。

克生の耳には、守れなかった命の数だけ病に苦しむ声が、常に聞こえている。

〝今ある命を守ってください。あなたにしかできないことなのですから〟

愛しい美和の声だった。

克生の目が和んだ。

あとがき

日本の医療は、一八六八年（明治元年）になるまで、怪我や刃傷の治療は酒を患部に吹きかけ薬草の類《たぐい》を塗ったり貼ったり、あるいは薬湯を飲むという漢方主体で、当時の西洋医学に後れを取っていたかの印象です。ところが、日本の医療史を調べてみると、母体救命の帝王切開は一八五二年、武蔵国の伊古田純道《いこたじゅんどう》医師らが一八七六年のイタリアのポロ医師の手術に先んじて成功させていますし、それより前の一八〇四年にはあの華岡青洲が乳癌の摘出手術に踏み切っています。幕末には佐倉の順天堂で、先進的な外科治療が行われていました。

本書で書きました数々の手術は、トールワルドというドイツの作家が書いた「外科の夜明け」（塩月正雄訳）へのオマージュですが、外科医学に夜明けをもたらしたのは麻酔です。一八四四年にアメリカ人歯科医ウェルズが、抜歯時の患者の痛みをなくすために笑気ガスの利用を思い立ち、その後の改良と工夫により、麻酔は、抜歯のみに留まらず、外科手術になくてはならぬ最強の武器となりました。しかし、日本では一八〇四年の乳癌摘出手術の折にすでに用いられていたのです。

日本は医療において、決して、西洋に後れを取っていたわけではないのです。

ただし、精密な医療機器がない時代、どんな先進国で行われる手術であっても成功、不成功は外科医の腕にかかっていたはずです。

命を救うということは、患者に寄り添うだけでは不可能であり、患者の人生をも変えようとする医者の死にもの狂いの姿勢にかかっています。

瀕死の患者を前にした克生がメスを握って、未知の手術に挑み続けるのは、命を助けたい、ただただ、その一念に突き動かされているからなのです。

連載、上梓をするにあたっては、多くの方たちにお力添えと応援を賜りました。

この場をお借りして心より感謝申し上げます。

和田はつ子

参考文献

『江戸の上水道と下水道』　江戸遺跡研究会編　吉川弘文館
『江戸の下水道』　栗田彰著　青蛙房
『外科の夜明け』　トールワルド著　塩月正雄訳　講談社文庫
『日本医療史』　新村拓著　吉川弘文館
『江戸時代医学史の研究』　服部敏良著　吉川弘文館
『感染症半世紀』　竹田美文著　アイカム
『ドクトル・シモンズ』　荒井保男著　有隣堂
『医学探偵　ジョン・スノウ』　サンドラ・ヘンペル著　杉森裕樹・大神英一・山口勝正訳　日本評論社
『西洋医療器具文化史』　エリザベス・ベニヨン著　児玉博英訳　東京書房社
『目で見る日本と西洋の歯に関する歴史』　大野粛英・羽坂勇司著　わかば出版

この作品は二〇一三年十一月小社より刊行された
『大江戸ドクター』を改題したものです。

はぐれ名医診療暦《めいいしんりょうごよみ》

春思《しゅんし》の人《ひと》

和田《わだ》はつ子《こ》

平成27年12月5日　初版発行

発行人――石原正康
編集人――袖山満一子
発行所――株式会社幻冬舎
〒151-0051東京都渋谷区千駄ヶ谷4-9-7
電話　03(5411)6222(営業)
　　　03(5411)6211(編集)
振替00120-8-767643

印刷・製本―図書印刷株式会社
装丁者――高橋雅之

幻冬舎時代小説文庫

ISBN978-4-344-42426-5　C0193　わ-11-3

幻冬舎ホームページアドレス　http://www.gentosha.co.jp/
この本に関するご意見・ご感想をメールでお寄せいただく場合は、
comment@gentosha.co.jpまで。